鎌倉幽世八景

藤沢 周

鳥影社

鎌倉幽世《かくりよ》八景

目次

鎌倉幽世八景

扇ガ谷

緩い風が坂下から這い上がってきて、足元にまとわりついてきた。

この谷戸《やと》に棲む何匹かの蛇が足首に柔らかくからみつき、舐《な》めるように足元から腰、肩へとゆっくり上ってくる感じなのだ。

風雨に晒《さら》されて、もはや顔も分からぬほどの小さな六つの地蔵は、灼《や》けて色あせた前掛けを揺らしもしない。その脇の「地蔵菩薩」と書かれた赤い幟《のぼり》の縁だけが、かすかに揺れていた。

「……またか」

マスクの内で声を籠らせて、地蔵に片合掌する。供えられた菊花が、暮れかかり始めた矢倉の影に白く、そこだけ光が放たれているようにも見える。

クルマも途中で通行止めになる切通しの急な坂道を上り、その一番上に来て六体の地蔵菩薩を拝むと、逆側のこれまた急な下り坂から、風がゆるゆると上ってくるのだ。

鎌倉の山をえぐって切通しにした窪みの道が、風の通り道になっているのだろうが、その風に人の掌のような感触で、首元や背中を撫でられる気配がある。そんな時は、たいていこちらも、嗄《しゃが》れた声で鳴き交わす鴉や、枝を素早く走るリス、枯葉のざわめきなどに敏感になって、感覚がそばだつような気がするものだ。地元では昔から、捉《つか》まり刻、といわれているとか、いないとか。

「ではでは、通らせていただきます」

自らの声を耳鳴りの奥に聞くような気分のまま、地蔵に再び合掌して下り坂へと向かった。一歩二歩と傾斜のきつい下りを慎重に進むうちに、靄のかかった気から抜け出すようで、ようやく秋の夕風をひんやりと感じている。

落ち葉で滑りやすい足元から視線を上げれば、道脇の岩肌をよぎる幾重もの黄褐色の筋。斜めに傾《かし》いだ地層の荒れた痕が剝き出していて、パワーショベルのバケットで乱暴にえぐったかのように見える。

いや、とてもショベルカーが通れるような坂道ではなく、人もあまり通らぬ、狭く急な切通しの坂道である。はるか昔に相州鎌倉に棲んでいた獰猛な鬼が、先ほどの石地蔵たちに諭されて、切通しの岩壁を巨大な爪で引っ掻きながらしょんぼり歩きでもしたのか。

鎌倉の切通しは両側から岩壁が挟み込むように迫っているが、見上げれば繊細な枯枝が投網を打ったように広がって、秋の夕空に罅《ひび》を入れたように覆っている。還暦を過ぎて、もはや衰え始めた鬼は、地蔵菩薩になどからまれもしないのだろう。「はよう、行きなされ」と、風雨に晒され薄汚れた赤い幟が、頼りなく揺れていただけではないか。

黒い節くれた罅の向こうの空は、掃いたような薄雲にわずかに色がつき始めている。視線を道に戻すと、一気に切通しの薄暗がりが濃くなったように感じもして、初老のくたびれた鬼は足元の落ち葉に目を凝らしながら、蟹歩きのようにして下る。

「転んで……腰でも打って……立てなくなったら……洒落にもならんわ」

昔日の鬼たちはそれでも人を脅す物差しがあって、相手を見極めてから、襲うだの食うだのしたのではないか。相手に敵意があるのか、弱そうなのか、肝はうまそうなのか。じっと見入ってから、息を荒くして、ゆっくりと近づいてくる。こちらに逃げる隙を与えてくれるかのような鈍さがあると言えばいいか。

だが、昨今の街のおちこちに出没するという鬼は、おとなしい顔をして威嚇すらもせずに、いきなりナイフを振り回し、ガソリンやら硫酸を撒《ま》くらしい。一体何を仇にしているのか。「幸せそうだから」だの、「誰でもいいから」だの、あまりに世間の計りを鵜呑みにし過ぎて、鬼の風上にも置けない。

「ナイーブ過ぎるんだよ、馬鹿野郎……」

老い始めた鬼には、世間どころか、もう人に騙される純粋さもなく、それはそれで寂しい話ではあるが。

マスクの内で苦く唇をゆがめながら歩を進めているうちに、膝が笑いそうな急坂から、少しずつなだらかになってくる。

年中、岩が搾り出すような水で径が黒く光っているが、もう落ち葉に足を滑らせる心配もない。顔を上げると、さらに切通しは夕まぐれの中に溶け始めている。両側に迫っていた岩壁も低くなって、二反ほどの小さな畑や古びた人家も見えてきた。不作に終わったのか、畑の黒土には一様に萎《しな》びた菜がへばりついて列になっている。さらに夕暮れの道の先に目をやれば——。

右の方に八角屋根の小さな地蔵堂が見えて、漆喰の壁がほの白く浮かんでいる。

「待たせた、か……」

そう呟《つぶや》いている自分に驚いて、自ずと鳥肌を立てていた。ゆっくりと歩く自らの足元を見つめ、また視線を上げてJR横須賀線の線路あたりに目を細める。右に眼差しを移して岩船《いわふね》地蔵堂を見ると、やはり、いた。

石段に腰かけている小さな人影があって、ただじっと路面に落ちた枯葉でも見つめているのだろうか。心を落ち着かせるように、細く長い息をマスクの中に吐き出して歩を進めていくと、五段ほどの石段に座る女性の姿がはっきりしてきた。

夕まぐれの中、大ぶりに見える市女笠《いちめがさ》を頭にかぶり、そこから垂れた薄い衣で面《おもて》の色はよく分からないが、着ている薄茶の袿《うちぎ》の袖をだらりと下げているようにも見えた。地蔵堂を囲んだ柵は低いものだが、影が重なると、女が牢にでも囚われているかのように思える。笠からの垂《たれ》衣《ぎぬ》に透けて、伏せた顔に片方の手をやっているのは、泣いているせいであろうか。

「……誰《た》そ彼、と問わずとも……」

岩船地蔵堂から距離を取るように、道の端を足音が立たぬように歩く。目を合せない方がいい。その市女笠の下の、涙に濡れた恨めしい眼差しに出会ったら、また面倒なことになる。

静かに、静かに、マスクの内で息を殺し、地蔵堂から身を隔てるように歩いて行き、視野の隅に岩船地蔵堂の影がよぎり始める。堂の方で衣擦れに似た音が聞こえてきて、こちらも思わず半身が緊張した。

「……待て」

声をかけてくるなよ。声をかけて……。

地蔵堂を通り過ぎたかという時に、その声は聞こえて来た。聞こえぬふりをして行き過ぎようとしたが、市女笠の女は続けて、幽《かそ》けき声をかけてくるのだ。

「……待て」

天を仰ぎたい気分で目を閉じ、マスクの内で小さく舌打ちをして、地蔵堂の石段に腰掛ける女に目をやった。

「舌打ちしたか……」

「……いえ……、していませんよ」

雨も降っていないのに、ビニール傘を差している老女がじっと睨《にら》んでいた。何故かその傘には、水色の気泡緩衝材のシートがくっついて垂れ下がっているのである。だぶついた茶色のムームーのようなワンピースもいつものいで立ちで、よく段葛《だんかずら》や鎌倉駅近くで見かける時と同じものだろう。

「……入間川《いるま》まで……連れて行け」

市女笠に見えたものがビニール傘ならば、足元は緒太《おぶと》の草履ではなく黒いゴム長靴である。年齢は八〇代の前半くらいなのであろうか、痩せて筋張った手や首元は痛々しいくらいなのだが、いつも白い髪だけはきちんとひっつめにしているのだ。

「入間川……」

またも同じことを頼まれて、何回目になるであろう。もう、三、四回になるのではないか。掠れた細い声で、おそらく本人は七、八歳の童女の気持ちでいるのだろう。それとももう少し歳上の気分なのか分からないが、これを無視して行き過ぎようとしたり、ぞんざいに扱うと、いきなり天地が割れるような金切り声を上げて、いつまでも叫び続けることになる。

地元の人たちにはよく知られた女性なのだが、初めて若宮大路の下馬《げば》のあたりで叫び声を上げられた時には、度肝《どぎも》を抜かれるかと思った。

「命が危ないから、早う逃げて、早う逃げて」と、信号待ちしていた自分の袖に突然しがみついてきたのである。こちらは奇妙なビニール傘を差した高齢の女性に、いきなりからまれたものだから、驚くばかりだった。しかも、言っていることがあまりに物騒である。おそらく、老齢の病を患って現実をうまく認識できていないのだろうと、こちらは黙ってうなずくのが精一杯だった。そうした時に、痩せて老いた体からは想像もつかないような叫び声を上げられたのだ。

「討たれてしまえ！　この戯《たわ》けぇ！」と。

何度も何度も、「討たれてしまえ！」と叫ぶものだから、さすがに周りの者たちも不審がり、遠目に眺めては笑ったり、眉をひそめたりしていたのだ。こちらにとっては、いい迷惑である。それでも、信号が変わって、足早にその場を去ったからいいものを、しばらくの間、老婆の金切り声の絶叫は背後の下馬交差点で続いていた。

「武蔵国……入間川、まで、連れて行け」

やたらに筋張って痩せた手を顔にやっていたのは、つけているマスクがよじれ、片方のゴムが交差して耳にかかっている。それが気になっているのだろう。しかも、マスクは顎に下がって、鼻や皺ばんだ口元を覆いもしてない。

「入間川は、埼玉ですよ……」

「連れて行け」

「……また、明日にしましょう。もう日が暮れますので……、お屋敷に帰りませんと」

そう自分でも鳥肌が立つような、優しげな声で老女に答えてみる。女性は窪んだ眼窩《がんか》の奥から、じっと睨み上げるような眼差しで確かめてくるのだ。

「……義高《よしたか》様に……、会いたい」

見据えるような視線がわずかに傾いたかと思うと、枯葉のかさついて転がる路面に目を伏せている。その落ち葉の乾いた音に気持ちが移ったと同時に、地蔵堂脇の草むらから、一匹の虫の涼やかな声が聞こえて来た。マツムシか、コオロギか。と、一気に周りのあちこちから、あふれんばかりの秋の虫の声が耳に入ってくる。

急な坂道を下りるのに、足元ばかりに注意していたものだから、気づかなかったのか。マツムシやスズムシ、コオロギなどのすだく声が扇ガ谷《おうぎがやつ》の夕暮れを満たしていて、こちらはよけいにひっそりとした気分になる。

「義高様に……」

薄暗くなってきた地蔵堂前で、旅に出るために市女笠を被った壺装束の幼女と向かい合っているような心地になる。俯《うつむ》いて笠を下げているものだから、垂衣に隠れて表情は分からないが。

「……その義高様と、お会いできるように、上のお地蔵様にお祈りしてきましたよ」

思ってもいないことを口にしている自分がいた。降りて来た亀ヶ谷《かめがやつ》の方を見やると、すでに切通しには夕靄がかかっていて、よく見えない。

「……本当か」

「……ええ。ですから、明日のために、今日は早く帰って、休んだ方が……」

そういった時に、下りの横須賀線の電車が走って来て、近くの小さなガードに音を立てた。車両の中の明かりや多くの人影がよぎっていく。電車の音に虫の声が掻き消えたのをきっかけに、老女に軽く頭を下げると、ゆっくりと歩を進めた。ここで急いで足取りを早めようなら、また扇ガ谷の夕刻を引き裂くような叫び声を上げるに違いない。

静かに、ゆっくり、自然に……。

背後で、ビニール傘に取りつけた緩衝材シートが、ガワリと音を立てるのが聞こえた。何か呟いているようだが、よく聞こえない。聞こえなくて良いのだ。気にせずに、普通に歩いていけばいい。

地元で知る人も多いその女性は、どうやら自らを「大姫」だと信じ込んでいるようなのだ。入間川、義高様、そして、岩船地蔵堂……。鎌倉幕府初代将軍源頼朝と北条政子の娘、である。頼朝と争っていた木曾義仲《よしなか》。その長男の義高が、寿永二年（一一八三）、和睦のために鎌倉幕府に送られてきて、大姫の婿となったという。大姫はまだ六、七歳、義高は一一歳くらいだったと、何かの本で読んだが、仲の良い兄妹のようだったらしい。

「……明日な、明日……」

ところが、明くる年、頼朝は義経と範頼に命じて、木曾義仲を討った。そして、息子の義高の命も狙ったのだ。大好きな義高が誅殺されると、大姫は焦り狂って、義高に女装させて逃げさせたのだという。幼い童女が懸命に考えた策はあまりに健気《けなげ》だが、結局、義高は見つかって武蔵国の入間河原で殺されてしまった。まだ幼い少年である。

「入間川……入間川……」

背後で長靴を引きずる音と、ぶつぶつと呟く声が聞こえてくるのを感じながら、横須賀線のガード下をくぐる。振り返りでもしたら、放心したまま緒太の草履を引きずって歩く、壺装束の幼い少女がいるのではないか。そう思うと、背筋に寒気が走りもする。

「明日……入間……川……」

義高が父親の命令によって殺されたことを知った大姫は、もはや魂が抜けたようになってしまい、ただただ塞ぎ込むばかりだったという。自らの父親が、最も慕っていた許婚の少年を殺してしまったのである。

頼朝が大姫の延命祈願をしようが、静の舞を見せようが、閉ざした幼い心の壁は厚くなるばかりで、うつつのことなど影絵のようにしか見えなかっただろうに。結局、心を病んだまま、二〇歳くらいで亡くなったと史実にはあるが、その大姫の守本尊が、老女の座っていた岩船地蔵堂に祀られているのである。

背後の呟きや足音が遠くなったのを感じながらも、ビニールの市女笠を被った女性は、認知症的なものではなく、誰か大切な人を亡くしてから自らを大姫と重ねてしまったということもあるだろうか、とも思う。それとも、そんな人に大姫の霊が憑いたということも……。何処を掘っても古《いにしえ》の人骨が出てくるような鎌倉の地では、さまよっていた霊がふとした隙に滑り込んできてもおかしくはないだろう。結界への入口がいたるところにあるのも、また鎌倉である。

あまりにスピリチュアルめいた話かと半ば自ら呆れながら、尼寺の英勝寺《えいしょう》前を通る。徳川家康の側室、お勝の方が開山した寺。その山門前を過ぎ、今小路《いまこうじ》を少し行くうちに、後ろを歩く大姫の老女の気配も遠くなった気がする。ゴム長靴を引きずる足音も呟き声も聞こえなくなって、虫の声と時々通るクルマの音くらいになった。それでも、振り返るのはやめた方がいいだろう。

道路の端に溜まる様々な種類の落ち葉を眺めながら、栄西《えいさい》開山の寿福寺《じゅふく》前をいつのまにか通り過ぎていた。いつもならば鎌倉五山第三位の古い禅寺の山門まで行って、手を合わせるくらいはするはずなのに、大姫様に追いつかれそうで、ついつい急いてしまったか。無意識にも少しずつ足取りに力が籠っていて、用もないのに急ぎ足に近くなっているのである。

そう思って苦笑を浮かべていた時、いきなり、高い声が夕暮れの今小路に響き渡った。

「泣くな！」

大姫か！　と一瞬思って反射的に振り返ろうとしたが、いや、かまわぬ方がいい。後ろの寿福寺前あたりからかと思っていると——。

「もう、泣くな！」

もう一度、甲高い声が響いた。だが、老女の金切り声ではなく、どうやら幼い男の子の声のようで、山門あたりから聞こえてきた。

嫌な予感がして、顔をしかめたまま振り返れば、寿福寺前の道路に市女笠がわりのビニール傘を差した小さな人影が突っ立っていて、山門の方を見ているようだった。そして、何か声をかけて、寿福寺の方へと歩み寄っているのが見える。

「……なんだよッ、もう……」

思わずマスクの内で唾棄していて、慌てて小走りで戻った。子供にからむとなっては、放っておくわけにもいかない。

寿福寺の前に来て、山門に近づこうとしている大姫の老女の後ろ姿を見やる。その先には「寿福寺金剛禅寺」と野太い字が刻まれた石柱碑のもとで、子供たちが三人ほど寄り集まっていた。よく目を凝らせば、石柱碑の段にランドセルや手提げが乱雑に重ねられていて、その下の段に腰かけている一人の女の子に、二人の男の子が詰め寄っているのだ。しかも、女の子はしきりに手の甲で涙を拭っているようなのである。

いじめか……⁉

「おれが、こうやって、こうやってッ」と一人の男の子が、いきなり拳を空に何度も突き出して、殴る仕草をし始めた。

これはさすがに見捨てたままにもできない。大姫もビニール傘を差しながら、そこに近づいていく。昨今は子供たちに挨拶程度の声をかけることさえ怪しまれて、下手をすれば不審者になる時代だが、放っておくわけにもいかないだろう。

厄介な話だと溜息を漏らしながら、山門前に行こうとすると、もう一人の男の子が、泣いている女の子の淡い色のカーディガンの肩をゆすり始めた。

これは⁉

「だいじょうぶだからッ。だいじょうぶだからッ。おれたちが取り返してやるからッ」

……？

「おれが、こうやって、こうやって、敵《かたき》を討ってやるッ」と、もう一人の男の子がまた薄闇の中をぎこちなく小さな拳を振り回しているのだ。

これはいじめではなく、逆に男の子たち二人が、泣いている女の子を慰めている……？

よく見れば、男の子は膝を地面について女の子の伏せた顔を心配そうに覗き込んでもいるのである。

「だめだ！」

いきなり大姫の老女が声を上げて、子供たちに近づいていった。いじめと勘違いしているのだろう。老女の声に子供たちが三人していっせいにマスクの顔を上げて、ついたばかりの街灯の明かりに照らされた。並んだ可愛い雛のように見える。

「だめだ！」

「え？　……だって、だって、よっちゃんが、大事に、している……、いいにおいのする消しゴム……、ユースケ君に取られたんだよッ」

男の子の突然の言葉にこちらも思わず笑いが漏れて、マスクを膨らませてしまった。子供の言い方の無邪気さもおかしいが、友達のためにそのいいにおいのする消しゴムを取り返してあげようということらしい。彼らにとっては重大問題には違いない。

「だから、おれが、こうやって、こうやってッ」

「だめだ！　それが、だめだ！」と大姫が長靴を引きずって子供たちに近づいていく。ビニール傘から垂れ下がった緩衝材シートを、子供たちは不思議そうに見つめている。

「刀を抜いたら、だめだ。抜いたら、だめだ」

「かたな⁉」

「三人でその子に言いにいけばいい。大丈夫だ。刀を抜いたら、だめだ」

子供たちは呆気《あっけ》に取られた顔をして、老女を見上げているようだ。

父頼朝も義高様を斬るまではなかったということか。母政子は大姫のために、入間川で義高を斬った藤内光澄《とうないみつずみ》なる郎党を、頼朝に迫って晒し首にさせたという。それがまた、大姫の心を酷《むご》くえぐったのであろう。

「刀なんて、持ってないもん」

「抜いたら、だめなんだ」

「だから……」

「……ねえ、おばあちゃんは……、なんで、そんな傘さしてるの？」

そう小さく聞いたのはさっきまで泣いていた女の子で、涙で濡れた頬が少し乾いたのか、街灯の光を果実のように撥ね返している。他の二人もクスクス笑い始めた。

「雨に濡れないから、いい」

「でも、雨、降ってないよ」

「虫や、コロナが、こないからいい」

「コロナって！」と、三人して石柱碑の前で華奢《きゃしゃ》な体をよじらせて、笑っている。

こちらまでおかしくなって、小さな四つの影を眺めていたが、古い山門の方に目をやると、日の落ちた闇にまっすぐ瀟洒《しょうしゃ》な参道が奥へと伸びているのがほの見える。ここも、頼朝が亡くなって正治二年（一二〇〇）に政子が開基した古刹である。

親や兄弟のために仇討ちをやった侍たちは、それこそ太古からいただろうが、剣豪として最初に仇討ちなるものをやったという念阿弥慈恩《ねんあみじおん》は、この寿福寺で秘法を授けられたという話が残っているらしいが……。

「おばあちゃん、そんなマスクのつけ方してたら、おかしいよ。なんか、ゴムが……」

女の子が気づいて手を差し伸べようとしている。男の子たちも気づいたのか、「おばあちゃん、しゃがんで、しゃがんで」と小さくジャンプしながら、優しく声をかけているのだ。

と、癇《かん》に障ることがあれば街中に響くような金切り声を上げる大姫が、おとなしく幼い子供たちの前に腰を屈めているのだ。影になった大姫の表情は見えないが、街灯の明かりが届いている子供たちの顔は、皆、楽しげに笑みを浮かべて、手を伸ばしたり、体をひねったりしていた。

山門の内にほの浮かぶ参道は細いにもかかわらず、これ以上ないほどの遠近法で訪れる者を導く。鏡や氷の破片を敷き詰めたように見える参道のむこうには、寿福寺本堂の黒い影が凝《こご》っていて、さらにその闇奥の裏山には、実朝と政子の五輪塔が矢倉の中に祀られてもいる。

――いとほしや見るに涙も止《とど》まらず親もなき子の母を尋ぬる

甥の公暁《くぎょう》に鶴岡八幡宮の大銀杏下で仇討ちされたという実朝。その歌がふと脳裏に浮かんで、山門前ではしゃいでいる子供たちと重なり、せつなくなる。その歌には詞書があって、「道の辺りに幼き童の、母を尋ねていたく泣くを、その辺りの人に尋ねしかば、父母なむ身罷りにしと答へ侍りしを聞きて詠める」――。

何の罪もない、いたいけな子供たちが悲しくて寂しくて泣くなど、鎌倉時代でも今でも、いつの時代においても、あってはならない話なのだ。

そうでしょう、大姫様……？　そういうことなんでしょう？

振り返れば、大姫のビニール傘を面白がって、上げ下げしながら走り回る子供たちがいる。カゲロウが薄い翅《はね》を光らせて、闇の中をさまよい、飛んでいるようにも見えた。それを眺めては、子供たちに合わせて痩せた両手を小さく振る大姫の後ろ姿がある。

幼い義高や実朝ら、友達と戯れる童の大姫様がいて、門前に楽しげな声が谺《こだま》する。扇ガ谷の闇は、さらに濃くなりゆくのだろう。

十王岩

年季の入った真鍮《しんちゅう》の取っ手を引くと、照明の薄暗い店内にはすでに二人の常連客が一杯やっていた。

白熱灯の光をとろりと反射させている古びたカウンター。ニスの光沢というよりも、客の手脂や零《こぼ》した酒や溜息などを何万遍と水拭きした無垢の木材は、鞣《なめ》した革のように鈍く光っている。芋焼酎のお湯割りだろう、湯気で曇ったグラスを前にむっつりと老いた顔がこちらを睨んで、やおら重そうに片手を上げた。後ろのテーブルには、タブロイド判のスポーツ新聞を読みながら瓶ビールを傾けていた元大手不動産屋の男が、眉根を開いて小首を突き出してくる。

「これはまた、すでに出来上がっておられるようで……」

北鎌倉駅前の鎌倉街道を渡れば、すぐにも馴染みの「椿」という酒房が迎える。大きな地震でも来たら潰れてしまいそうな造りの、こぢんまりとした店ではあるが、いや、地元の酒飲みたちの汗や脂や涙や胆汁やらが膠《にかわ》のように柱や天井に染みつき、強靭《きょうじん》にして、地にしぶとく根を張り続けている。

「なあに。まだ始めたばかりだ」と、口角の皺の影をさらに濃くして総白髪の頭を揺らしたのは、写真家の淵辺老人。

昔は女性ヌードを主に撮っていたらしいが、五〇代からはモノクロームの鎌倉の雲の写真しか撮らない。店奥トイレの脇にも、陰惨とも思える腸《はらわた》のような鱗雲の写真が飾られていたこともあるが、いつのまにか外されて、今は代わりに客の一人が出演したイプセンの演劇のチラシが貼られていた。

「鏑木《かぶらぎ》先生は、まだ？」

「鏑木さんなら、五時前に帰った」

「若い別嬪《べっぴん》さんが迎えに来てね」と、背後からスポーツ新聞をがさつかせて、野島が眉尻を下げて笑う。

「俺と変わらん歳だというのに、けしからんよ、まったく」

淵辺が憤然と言ってから、グラスの中の焼酎を揺らして目尻に皺を寄せる。

「ギャラリーの案内を貰おうと思ったんですがね」

「ああ、小町通りのか。俺も行くが」

厨房からひょこりと顔を出した「椿」の主人に日本酒を頼んで、淵辺の横に座る。

天井も壁も煙草の脂で茶けて、所々いびつに広がっている染みが瑪瑙《メノウ》の断面のようだ。端のめくれた女性ジャズシンガーの古いポスターや、ボトルの何本も差し込まれた手作りの木の棚、文字盤が六角の、動かぬままの振り子時計、曲がって黒光りした自然木の柱……。

木製の椅子の上の座布団も垢じみて厚みもなくなっているが、どうして、いったん座ったら長っ尻になる。世間からはぐれた物書きには居心地が良くて、通い始めてもう三〇年にもなるか。

「なんだ、駄文の締切は大丈夫なのか？」

「淵辺さんこそ、雲散霧消の写真展、やるんでしょ」

「ああ、雲霞となるばかりだ」

マスクを外して、カウンターに置かれたコップ酒をわずかに掲げると、淵辺も応じる。

「で、何です？　若い別嬪さんて？　鏑木先生の」

三年前まで八王子にある大学で美術を教えていたはずだから、手伝いのゼミ生か何かと思っていたら、「彼女だよ、最近の」と淵辺が押し広げた鼻の穴から笑いを漏らす。

「人のことは言えんが、あれは業《ごう》だな」

「言えない、言えない」

「ま、俺は、鏑木さんとは違って、人徳がなく、因果応報。地獄に落ちるわ」

タートルネックの痩せた両肩をすくめて、自嘲したかのように笑い、奥歯の銀歯を光らせた。

撮影のたびに年齢もまちまちの女性モデルと関係し、三度の離婚を経て、合わせて五人だったか、六人だったか、とうに成人しているお子さんも何処に住んでいるか分からないと言う。ずいぶん昔に、泥酔して呂律《ろれつ》が回らぬ口で漏らしていたが、真実は分からない。あの頃はまだ、淵辺も鏑木先生もまだそこそこに髪も黒く豊かで、働き盛りの首や肩のあたりから陽炎のような色気を漂わせてもいた。この私自身が、「椿」で初めて会った時の淵辺よりも、はるかに歳を越えてしまっているのだから、早いものだ。

グラスの中で白熱灯の明かりがねっとりと揺れているのに目を落としていると、店のドアが開いて、またも常連の一人である近くの古刹の住職が入ってきた。坊主頭には黒のニット帽、ダウンコートの下は作務衣のままである。かなり外は冷えてきたのか、「寒い寒い」とマスクの上の眼鏡を曇らせながら、店奥の席に座った。

「また、般若湯か?」と淵辺が半身をねじって声をかけている。

「何をおっしゃる。正月用のお札のために、近辺を回ってるのよぅ」

拾雪《しゅうせつ》という僧はニット帽を取って、鉛色の坊主頭を両手の爪でしごきながら、「熱燗ねッ」と厨房の主人に声を張り上げていた。その声に皆で噴き出したが、早くも法師も走る季節となったのだ。

「何もせぬまま、年の瀬になりにけり、か。また、年賀状やら写真展の案内状やら、ほんとに……」

「億劫《おっくう》ですよねえ。もうパスするか、年賀状なぞ」

「俺はあれだ、パソコンが壊れて、新しいのにしたはいいが、住所録のエクセルが作れん。プリントアウトしたリストはあるのだが……」と、淵辺が脇に置いたコートのポケットから縒《よ》れた紙を取り出した。

「見てくれよ、これ。線を引っ張ってあるのは、皆、死んだ奴らだ、年々……」

郵便番号、住所、名前、会社、電話番号……。

「この程度でいいのなら、俺が作りましょうか、エクセル。すぐできる」

「か？　助かるなあ。そうだ、こんな店の酒より、美味い酒があるよう、山形の友人が送ってくれたのが……。久しぶりに我があばら家で一杯やろうじゃないか」

昔はよく一人住まいの淵辺の家で飲み明かしたものだが、もう何年もお邪魔していない。鎌倉五山第一位の建長寺奥にある古びた一戸建ての平屋の家だが、間取りが狭く、もともと塔《たっ》頭《ちゅう》に通う僧の仮住まいだったと聞いた。暗室として使っていた押し入れから、酢酸カーミン液のにおいがしていたのを思い出し、口の奥脇から奇妙な唾が滲み出てくる。

「そうだ、拾雪。あんたは、建長寺の方にも寄るのか？　同じ禅宗だろう」

徳利をつまんで、唇を尖らせながら傾けている拾雪禅師の禿頭が上がる。

「週に一度は上がりますよう。うちも建長寺派なんだから」

盃の方に尖った口が迎えにいく呑み方に、淵辺も私も苦笑していたが、満足そうな溜息を漏らした後、拾雪が眉根を開いた。

「で、何です、淵辺さん？　建長寺が？」

「建長寺裏の山だけどな……、また、なんだ、夜な夜な変な声が聞こえ始めた」

「変な……？　ああ、十王岩か」と、拾雪の最初きょとんとした顔が、すぐにも合点の行った面差しになる。

「十王岩……って何です？」

私が聞きなれぬ名称に呟くと、淵辺も拾雪も野島も同時にこちらを向いた。

「なんだ、北鎌倉に住んでて、十王岩も知らんのかよ。あの半僧坊《はんそうぼう》の上だよう」

半僧坊はもちろん上ったことがある。建長寺の裏を奥に行くと、鳥居のむこうに二五〇段ほどもある石段があって、そこを息もたえだえに登れば、烏天狗の像が何体も扇や刀をかざしながら鎌倉の地を見下ろしている。そこが建長寺の鎮守の半僧坊大権現である。そのさらに上は天園《てんえん》のハイキングコースになっていたはずだが……。

「半僧坊から、勝上献《しょうじょうけん》展望台をもう少し上がれば、十王岩。そこに刻まれた摩崖仏みたいなもんだけど、もう風化しまくって、閻魔大王も如意輪観音も、血盆《けつぼん》菩薩も、顔すら分からないけどね」

拾雪禅師が盃の酒を舐めつつ説明してくれたが、曇りの消えた眼鏡の奥から淵辺老人に緩い視線を送る。

「空耳でしょうに。そんな変な声なんて話、今時聞かないなあ」

「本当だよう。なんか呻《うめ》き声みたいなのが、山の上から……。気持ち悪くて寝られんよう」

「ハクビシンでしょう、それ」と野島。

山の中に増え始めたハクビシンは、鎌倉の人家の近くまでやってきては、夜中に長い嗚咽《おえつ》のような恐ろしい鳴き声を上げるが。

「昔は、『喚《わめ》き十王岩』とか言われてて……、ほら、建長寺のあたりは、鎌倉時代、処刑場だったから、その霊を供養しようと十王岩が刻まれたらしいんだけどね。夜になると、岩が泣くと言ってねえ」

「私の婆ちゃんも、よく、十王様が泣くから、さ、雨戸閉めて、なんてよく言ってたわなあ」

野島がスポーツ新聞を膝元に置いて、宙に視線をさまよわせながら漏らす。

「あれ、谷戸から吹き上がる風のせいだったんですけどね。もう今は、さらに閻魔様のお顔も削られて、声どころか、涙すら出ないと」

拾雪の言葉に、淵辺は顔をカウンターに戻すと、鼻から「フンッ」と息を漏らして焼酎のグラスを傾けた。

「俺なんぞ閻魔大王に、目玉を抜かれ、舌を抜かれ、あそこを抜かれ、だな」

「まあ、俺も同じようなもんですけどねえ」

鎌倉に三〇年近くも住んでいるのに、「喚き十王岩」については知らなかった。

「そのくらいじゃないと、物書きなどできんだろうが」

だが、今の住居にわりと近い「泣塔《なきとう》」なら知っている。

「痛い目に遭っても、糧にもできませんけどねえ……」

モノレールの湘南深沢駅横に、かなり大きな多目的広場があるが、サッカーコートやテニス場が広がり、時には木下大サーカスのテントが張られたりする一画。その端にひっそりとフェンスで囲まれ、樹々で鬱蒼とした小山めいたものがある。小ぶりの古墳にも見えそうだが、南京錠に閉ざされたフェンスのむこうには、絡み合った樹々の陰に岩肌をえぐった矢倉と、どっしりとした一基の宝篋印塔《ほうきょういんとう》が立っているのである。

「拾雪、あんたは衆道の方なんだろ」

新田義貞の鎌倉攻めの時の洲崎合戦の場には、おびただしい北条方の血が染み込んでいる。幕府滅亡の古戦場に立てられたのがその供養塔らしいのだが、近くにある真言宗の青蓮寺に移したら、夜な夜なすすり泣く声を上げたらしい。それで、元の地に戻したと。

「そんなこと言ってるから、十王様が怒るんだよう」

その地を横須賀海軍が更地にしようとした時には、死者や怪我人が出て断念。その後、旧国鉄の所有地となったが、何がしかの力が働いたか、すぐ手放している。地元ではいまだに祟りを恐れている人々がいるとも聞いた。

「いずれにせよ、男なんてものは、地獄に落ちるんだ……」

口の悪さは相変わらずの淵辺だが、芋焼酎のグラスを見つめる眼差しが何処となく遠く思えた。

足元など漆黒の深淵のようで、一歩一歩が怖くなるほどの闇である。

視線を上げれば、境内にわずかばかりの星が瞬くように、水銀灯がついているが、逆に建長寺の本堂の黒々とした巨大なうずくまりが、獣のように息を潜めてこちらをうかがっているかに見える。さらに黒い人の群がりが絡み合ったかのようなビャクシンの巨木の影も、土や闇から昔日の処刑場の血をいまだ吸い上げているように思えた。

「……淵辺さんは、よく懐中電灯もなく、そんなに歩けるなあ」

七〇半ばの老人のゆっくりした足取りとはいえ、奈落にたえず足を差し入れるかの闇を、躊躇なく進んでいる。

「それは、おまえが……この闇の下に、幾人もの女や男を想うからだろう」

そう言う淵辺の顔を見ようとしたが、老いて痩せた面差しの輪郭がかすかに闇に浮かび上がっている程度だ。能面の皺尉《しわじょう》を思い起こさせるような悲痛な眉根や突き出た頬骨、皺ばんだ肌が、わずかに見える。

「……俺はもう、何処を歩いても、踏んづけているからな……」

闇の古刹脇の小径で淵辺の言葉を聞くと、いつもの冗談にも聞こえない。黒々とした杉林の中で葉群れがざわついたのは、鴉かフクロウか。あるいは、半僧坊の烏天狗が闇の枝から枝へと渡っているのか。

「『椿』で話してた……十王岩、には、時々、上られるんですか？」

「いやぁ、もう何十年も上ってない。頭の上だというのにな」

「俺も、今度、上ってみるかなあ」

淵辺の住まいは、昔来たよりも荒れ寂びた感じで、狭い玄関の框《かまち》にまで雑誌やフィルムケースの入ったビニール袋、束ねられた古い傘などがひしめいて、短い廊下も足の踏み場がないほどだった。

薄暗い電灯をつければ部屋の中にも、段ボール箱や衣服など様々な物が乱雑に積み上げられたりしていたが、さすがにパソコンの置いてあるデスク周りだけは整っているようだった。

「散らかっているがな」と、淵辺が短い嗚咽めいた声を上げて屈み、古いアラジンのストーブに火をつけている。

「いや、私の所も、同じようなもんです」

積み重ねられた新聞を背もたれにして、冷たい炬燵《こたつ》の中に足を突っ込んだ。

「押し入れは、まだ暗室として使っている？」

「いやあ、もう今は、プリンターでやるからな。よほどの時は外注だ」

薄茶色になった漆喰の壁には、いくつか淵辺の撮った雲のモノクローム写真がかかっていて、雲の斑《まだら》の暗がりと光の漏れが何か厖大な虚無を感じさせた。

「押し入れの中には……女たちの死骸が積み重なっているよ」

「安達ケ原じゃないですか」と応じれば、淵辺は痩せた肩をすくめて楽しげに笑う。

能「安達《あだち》ケ原《がはら》」は「黒塚」とも。諸国一見の僧が、日暮れのみちのく安達ケ原で荒れ果てたひとつ家に一夜の宿を借りたが、そこに住む女の閨《ねや》には膿血腐爛の屍が累々と積み重なって天井にまで届いていたと。暖を取るための柴を取りに行く女が再三、閨だけは覗いてくれるな、と言い含めたにもかかわらず、僧は禁を破ったのである。何度か見た「安達ケ原」の舞台は、シテの鬼となった女の羞恥と哀れさが心の底に残っているが……。

「これだ、うまいぞ。山形に住む昔の仲間がな。送ってくれた」

「一杯やりながら、エクセルをちゃちゃっとやってしまいましょうかね」

淵辺のパソコンを立ち上げて、湯吞に入った酒をやりながら作業を始めれば、淵辺が住所録の紙を見ては、「こいつはもう先がないな」「この野郎とは、もう絶交だった。削除だ」などと零す。

「そんなこと言ってたら、エクセルを作るまでもないじゃないですか」

「手書きの宛名というのが、なんとも、苦い気分になる」

「いやぁ、それはまた、なんという自意識だろう」

「うるさいわ」

項目のセルを作り、プライベートと仕事用の二種類のシートに分ける。

「淵辺さん……前の奥さん方とか、お子さんたちの方は……？」

「そんなん、知るわけがない。何処に住んでいるかも分からんわ」

淵辺の顔をちらりと見やると、事もなげに言って住所録のメモに赤鉛筆で印をつけては、酒の入った湯呑を傾けている。触れられたくもないことをこちらも聞くわけはないが、意に介さぬような淡々とした様子が、逆に淵辺の中に沈む澱のへばりを感じさせる。

と、木枠の窓ガラスががたがたと音を立てて、山の木々が谷戸の風で闇をざわつかせた。

「ほれ、今日あたりも、十王岩が泣くぞ」

「この辺は奥にもかかわらず、風の通り道なんですかね」

「これが吹き上がって、また擦り減った閻魔さんの顔を、さらに削ったんだろうがな」

「あれ？　このリスト、俺の宛名がないじゃないですか。俺は年賀状、毎年義理でも淵辺さんに送ってるじゃないですか。手書き、でね」

「そうだったかぁ？」と、また痩せた両肩を震わせて笑った。

山形の日本酒がうまくて、ぐいぐいと進めているうちに、小雨の音まで屋根を撫で始めて、時計を見ればすでに零時を回っていた。

「もう泊まっていけ。まだ、酒ならあるぞ。日本酒でも焼酎でも」

結局、プライベートの宛名は二〇ほどで、写真展の案内用が三〇ほどだった。しかも重なりが多い。さほど多くない住所録ではあるが、簡単なエクセル表作成が、酒の酔いのおかげで多少時間を要したのは、好都合だったかも知れない。あっという間に仕上げるというのも、淵辺の気持ちに響いて、その後持て余すだろう時間が、老いた男の胸奥に洞を空けそうにも思えた。

「この前な……役所に行ってきて……」

淵辺が半身をねじって棚の上に重ねられた書類を探し始めたが、面倒になったか、大きな溜息をついて体を戻した。

「俺が死んだら、その辺の溝《どぶ》にでも捨ててくれ、と頼んできた」

「え？　それはまた……」

「むこうはキョトンとしてな。できません、とな。ほら、俺みたいな身寄りのない者は、死んだら、戸籍から親族を探されるだろう？　遺体の引き取りのために……」

なんとも縁起でもない話に黙っていると、淵辺は白いものが混じった眉を大きく上げて、口角から息を吐き出した。

「そんなもん、誰が引き取るか、なあ。だから、無縁塚で合葬してくれと……」

「いやぁ、淵辺さん、そうは言っても、いずれかの……お子さんとは少しは連絡を取っているんでしょう？」

「取るわけが、なかろうが」

「……まあ、『椿』の連中も、私もいるんだし……。大体、そんなこと考えないでくださいよ。縁起でもない。……いっそのこと……」

「いっそのこと……？　なんだ？」

「いや、鏑木先生みたいに、新しい彼女でも作って、それこそ閨の押し入れに積み重ねられるというのも……」

悪い冗談には違いない。淵辺はじっと私の目の底を見据えるような眼差しをよこしてから、鼻から息を漏らした。

「おまえは……相変わらず、無神経なやつだな……」と、おもむろに四合瓶を私の湯呑に傾けてくれる。

無神経にならざるをえない。まともに受けても、一五、六歳も上の男の心の底を理解できるわけもなく、むしろ分かるなどと言ったら、不遜というものだろう。

「よし、俺は寝るぞ。同衾《どうきん》するか」

「いやいや、遠慮しておきます。俺は、炬燵でいい」

消したアラジンストーブの灯油のにおいが、雪国の故郷を思い出させる。関東の方に出てきてからは、石油ストーブなど使うこともなかったが、故郷の家々はみな、灯油だった。石綿の芯にわずかに名残る青い炎が小さな咳をして、やがて消えるのだ。その時の鼻にくるきついにおいは、布団にも服にも染みついたものだ。

そして、外はいつも暴風雪だった。重い雲の内で巨大な龍がとぐろを巻いて唸《うな》っているような、恐ろしい雷と風の音がしていた。鎌倉建長寺の谷戸が風を集めやすいといっても、まるで比ではない。淵辺や拾雪が言っていた半僧坊の上の十王岩でなくても、北国の冬の風はあらゆるものを呻かせ、泣かせ、喚かせた。

屋根を掃くような風と小雨の音を聞きながら目を閉じていると、隣の部屋から淵辺のかすかな鼾《いびき》の音が聞こえて来る。いつも毒づき、機嫌が悪いと陰惨なほどの鬱の気を濛々《もうもう》と立てるような男だが、自分は嫌いではない。

淵辺の歳になるまで十数年といっても、あっという間だろう。自分には淵辺ほどの気力を保っていられるのか、いや、大体そこまで生きていられるのか。雲の写真だけを撮り続ける強い想いの核は、淵辺だけにしか分からないだろうが、自分はそのような核を摑んでいられるのだろうか。

厭離穢土欣求浄土《おんりえどごんぐじょうど》など求めようもない。仏に逢うたら仏を殺せ、祖に逢うたら祖を殺せ、と激越な禅の偈《げ》もあるが、淵辺も私も自らのために多くの犠牲の屍を積み重ねているのかも知れず。それでも、冥界で閻魔大王の持つ魔鏡に映るであろう、自らの行いの数々を見据えられるかどうか……。

「いえ、これは……」「自らの信念のためであります」「そんなことは、やっておりません」「嘘ではありません」……。だが、閻魔王庁にある浄玻璃《じょうはり》鏡には、女の呻きや男の喚きや人々の咽《むせ》ぶ様が映っているではないか。あのような悲痛な声で泣いているのは、一体誰かと鏡を覗き込めば……。

扉の開く軋《きし》んだ音か、それとも、絹でも引き裂くような音か。うつらうつらとした夢の中で聞こえてくる、奇妙に波打つ高い音に、目をうっすらと開ける。

夢、か……。

と思っているのもつかの間、また細く呻くような音がかすかに聞こえてきて、暗い天井に目をさまよわせながら、耳を澄ました。

……十王岩、か？

外の風はすでにやんで、降っていた小雨の音も聞こえない。だが、その絞り上げる女性の呻きに聞こえる声は、隣の淵辺の部屋から漏れてくるのだ。最初、鼾や気管支の具合でそんな音がするのかと思ったのだが、炬燵の中で半身を起こしてさらに耳を澄ますと、やはり、間違いなく人の声なのである。低くしわがれた淵辺の声とは思えぬ細い呻きが、男の寝床から聞こえて来たのだ。

女性の細い嗚咽の引きずりにも似て、また幼子の甘え泣く声にも似ている。波打つかと思うと、奈落に落ちるように低くなり、また一気に喉を絞められたかと思う呻きに変わる。老いた男の魘《うな》される声が、こんなにも悲痛なものだとは……。

止まった。

すると、「ああ、うるせえなッ」と、布団の中で低くくぐもる淵辺の声が聞こえて、寝返りを打つ衣擦れがして静かになった。

足先に何か当たるのを感じ、うっすら目を開ける。すでに淵辺が炬燵に入っていて、「起こしたか？」と掠れ声をかけてきた。乱雑とした物で埋まった部屋の内が、カーテン越しの朝の光で何か塹壕の中のように思える。

「……ああ、何時です？　すっかり寝入ってしまったな」

「八時を回ってるよぅ。若いやつはいいな。よく眠れて」

半身を起こすと、わずかに二日酔いめいた頭痛がする。寝ていた体勢が悪かったのか、肩と背中が強ばって思わず声を上げた。

「……なあ、昨日も、十王岩……、泣いただろ。聞こえんかったか……？」

さらに老けたような淵辺の渋い顔がこちらを見て、毛玉の目立つセーターから痩せた首を突き出している。カーテンから漏れる光をどろりと反射させた男の眼差しと出くわして、答えるのを迷った。

「……聞こえ、ました……十王岩……」

「うるさくて、寝られんだろう……」

魘されていましたね、などと間違っても言えない。

「確かに……」

「……おまえにも……聞こえたのか」

じっと、こちらを確かめるような鈍い視線が睨んできて、動かない。ようやく緩く眼差しを外したと思うと、いつもの鼻で笑う息を漏らした。

「よし、顔を洗え。駅前の蕎麦屋でも、行くか」

「ああ、いいですね。朝から蕎麦湯割り、というのもありだ」

閻魔大王の浄玻璃鏡には、蕎麦屋での迎え酒の様《さま》も映し込まれるに違いない。

袖塚

バス停にはすでに五、六人ほどの列ができていた。

帰宅するサラリーマンや買い物帰りの主婦、塾帰りなのか幼い小学生や着物姿の老爺もいる。立っていたり、ベンチに腰掛けていたりと様々だが、皆、長引く感染症の対策で一様にマスクをつけて、じっとバスを待っているのだ。

鎌倉駅東口のロータリーから出る「船9」系統のバスに乗るようになって、どのくらいになるのか。新型コロナの感染症が蔓延し始めてからだから、もう二年にはなるのだろう。

それまでは夕方の六時前くらいに仕事を切り上げ、鶴岡八幡宮近くの仕事場から段葛《だんかずら》沿いに歩きながら、何処の飲み屋に寄るかと考えていたものだ。ろくに仕事も進んでいないというのに、はしたなくも酒への気ばかりが急《せ》いて、小町通りの居酒屋か、路地裏の縄のれんか、それとも北鎌倉駅前か、などと迷いつつ、下馬《げば》方面に向かうクルマの赤いテールランプの列を眺めて、いそいそと歩いていたのだ。

それが二の鳥居に鎮座する巨大で剽軽《ひょうきん》そうな狛犬が大きなマスクをつけるようになってからは、バスでおとなしく帰るようになった。国や市からの要請でどの店も休業か時短営業で、こちらもしたたか酔ってのタクシー帰りなど縁遠くなってしまった。

「大仏の方、寄りたかったんだよなあ」

「あそこの抹茶アイスは、次ということで」

コロナ禍の平日にもかかわらず、鎌倉は人出も多いが、午後の六時半ともなれば帰途に向かう観光客たちがいっせいに駅前に集まってくる。いくつかのバス停があるロータリーは人でごった返すものだから、それに背を向けるようにして客待ちをしているタクシー群に目をやっていた。

「まもなく2番線ホームに、千葉行きの列車がまいります……」

「今もッ、可愛い猫ちゃんたちがッ、泣いているのです」

横須賀線電車の入ってくる音や、駅前で動物愛護の寄付を募る声など耳にしているうち、大きな回遊魚のようにバスの何台かがロータリーに入ってくる。「船9」系統のバス停にも発車時刻数分前に、のっそりと大型の車体を寄せてきた。

乗車口が開いて、バスを待っていた者たちそれぞれがスマートフォンから目を上げたり、膨らんだレジ袋を持ち直したりして、列を縮めていく。ベンチに座っている者も順番に列に加わって、バスに近づいた。

すると、私の前にいた小学生の女の子が、じっと立ち止まっている。何かと思ったら、バスが着いたことにも気づかず、ベンチに座ったままパソコンを打ち続けている中年男がいた。彼の順番の方が少女より先だったのだろう。女の子は男が立って乗車するのを待っているようなのだ。

それでも男は気づかずに、パソコンの光を眼鏡に反射させて画面に見入っている。さて、どう声をかけるのか、あるいは追い越してバスに先に乗り込むのかと、後ろから見ていると——。いきなり、少女は片足を上げたかと思うと、地面を踏みつけてペーブメントに乾いた音を立たせたのである。思わず、こちらも噴き出したくなる。その急かす足音に中年男も気づいたのか、ふと顔を上げて、女の子のきつい視線にでも出会ったのだろう、マスクの内で舌打ちでもしそうな面倒な表情を浮かべて、顎で先に行けと示した。

小学二年か三年生くらいだろうか。私の腰くらいしか背丈のない小さな女の子なのである。何が入っているのか、華奢な体に似合わぬ大ぶりのリュックを担いでいて、後ろで無造作に束ねていた柔らかそうな髪を揺らすと、潔く中年男の前を素通りして、バスに乗り込んだ。

もうこちらは小さな女帝の短気がおかしくて、ひそかにマスクの中で笑いを漏らしながら、続いてバスに乗った。いつもの左の最後尾の席に座ると、さっきの小学生は右列の後ろから二番目のシートに座っている。見れば、赤いセルフレームの眼鏡をかけていて、大きなリュックから取り出した大判のドリルだろうか、教科書だろうか、本を開いてすでに小さな手に握った鉛筆を走らせ始めているのである。

学習塾の課題かも知れぬし、学校の宿題かも知れぬが、寸暇を惜しんでバスの中でこなそうというのだ。なるほど、こういう女の子が将来議員にでもなって、政権を強い口調で責め立ててくれる女性になるのだろうか。それとも、自ら最先端のベンチャー企業でも立ち上げるのか。頼もしいような、愉快なような気分になりながら、視線を車窓の外に移して夜の若宮大路を見ているうち、小学生の存在は頭から消えていった。

由比ガ浜通りから海岸通り、長谷寺から大仏前と通り、街の賑やかさよりも闇の方が濃くなってくる。バスが山へ入り込む頃には、漆黒のむこうに点々と家々の明かりが樹々の間に瞬く程度になり、乗客もまばらになってくる。と、途中の笛田バス停で降りる何人かに交じって、先ほどの少女が慣れた仕草でリュックをくるりと回して背負い、バスを降りて行った。

車窓の外は暗くて、降車した人影もバスのヘッドライトやテールランプに一瞬あぶり出されるが、すぐにも闇に溶け込んでしまう。一本だけ灯った外灯に、笛田の住宅街への坂道を降りて行く小さな影が見えたかと思うと、バスは歯の間から息を漏らしたような音を立てて、発車していた。

もはや車内には自分一人しか乗っておらず、乏しいＬＥＤのライトが寒々しい。前方の運転席についたいくつものルームミラーを見やっても、暗くて、運転手が若いのか年配なのかも分からない。カーブを曲がるたびに、ヘッドライトが黒々とした樹々やひっそりとした民家の軒を唐突に照らし出して、山の中はすでに寝姿のようで沈黙している。

進まぬ仕事のことが脳裏をちらりと過ったが、いや、今日は焼酎でも飲んで寝た方がいいのだろう、と思った。

翌日、もいた。

昨日と同じ薄いカーキ色のフリースジャケットを着て、小柄な痩せた体に大きなリュックを背負った姿がバス停に並んでいた。

――小さな女帝様が、今日もいらっしゃったか。

ひょっとしたら、単に私が気づかなかっただけで、毎日同じ時間のバスに乗っていたのかも知れない。パソコンを打ち続けていた中年男に無言の抗議をした姿に目が留まったからで、いつも乗り合わせていたのだろうか。

最後尾から見る右斜め前のシートには、菓子パンを食べながらドリル帳らしきものを広げている女の子の姿がある。学校の宿題というよりも、やはり学習塾が終わってその課題を勉強しているかに見えた。

自分の幼い頃も、息子が子供だった頃も、こんなに時間を惜しんで勉強することなど一切なかったように思う。道草をして、故郷の町に流れる川のほとりで仲間たちと夕食前まで遊んだり、テレビのアニメ番組を口を開けて見ていた記憶がある。幼い小学生が今から受験戦争に煽られて、進学塾などで疲弊をしているなどもってのほかではないか。ぼんやりとそんなことを思いながら、女の子の後ろ姿を斜め後ろから眺めていたが、それでも勉強を苦痛というよりも、何か淡々と自分からこなしているといった雰囲気を醸しているのだ。

他の乗客を見れば、くたびれきった中年のサラリーマンが足を投げ出していたり、若い女性がだるそうに窓ガラスに頭を預けながらスマートフォンに目を落としていたり、食品で膨れ上がった袋を三つも抱えて、放心している主婦がいたり……。車内の薄暗いＬＥＤの明かりの下で、乗客らが重く沈んだかに見える中、少女だけが我関せずと課題を黙々と進めている。笛田のバス停に着いたと思ったら、こなれた手つきで本を入れた大ぶりのリュックを、フリースの肩にくるりと回すと、闇の坂道に消えていくのだ。

次の日も、さらに次の日も、女の子は同じ薄いカーキ色のフリースジャケットを着て、大きなリュックから取り出した本をバスの中で一心に読んでは、鉛筆で何か書き込んでいた。

「刀は抜かないから、刀なんですよ。抜いてしまったら、おしまい」

「あれはむしろ、ウクライナというよりも、ベラルーシへの核ミサイル配備が先の狙いだったようですが……」

「……市民、というか、子供たちまで死んでいるでしょう」

「狂気の沙汰です」

段葛を歩いている途中、懇意にしている若手新聞記者から電話がかかってくる。スマートフォンを耳にして重い溜息をつきながら駅前のバス停に向かっていると、今日も同じフリースジャケットを着た女の子の姿が列に交じっていた。相変わらず大き過ぎるリュックを背負って、ロータリーに並ぶタクシー群の方に目をやっている。

「じゃ、なるべく早めに原稿、送るようにしますが、なんとも憂鬱です」

「オミクロンもそうですが、この世界情勢もほんとに……。では、なんとかお願いします」

マスクの中でもう一度溜息をつき、電話を切ると、三〇歳過ぎくらいか細身のスーツを着た男の後ろに立った。

男の足元を何気なく見れば、先の尖った革靴が異常なほど磨き抜かれて、鏡のように光を反射している。スーツの上からも背筋や尻の筋肉を鍛えているのが分かって、苦笑したくなる。この男にも小さいが一筋縄ではいかぬ野望のようなものがあるのだろうと思いながら、高そうなトワレの匂いに続いてバスに乗り込んだ。

最後尾の席から見る鎌倉駅ロータリーには、地元の人々や観光客たちが行き交って、それぞれがマスクをしていなければまったく以前のままと変わらない。新型の感染症が蔓延しようが、狂気に駆られた権力者が地球を滅ぼそうとしていようが、人間は結局、何があっても変わらないのだろう。同じ国の中にもかかわらず血で血を洗う争いは昔日から続いて、この鎌倉の地にも多くの屍が埋まっている。

車窓の外から薄暗い車内に視線を戻すと、視野の右隅に薄カーキ色のうずくまりがある。また一心に本かノートに屈みこんでいるのだろう。何気なく少女に目をやって、驚いた。

幼い手つきで一生懸命、針と糸を使って何かを縫っていたのである。

!?

こんな小学三年生くらいの女の子が、今時裁縫などするのか。まだ家庭科の授業など行われていない学年のはず。フリースの襟首から、俯《うつむ》いた細い首を覗かせ、後ろに束ねた髪を頬元に垂らしている。時々、手を止めて、ルーフのＬＥＤライトの明かりを集めては確認もしていた。彼女がいつも右列の後ろから二番目の席に座るのは、そうか、頭上にライトがあるからだとようやく気づいた。

いつも勉強していたかと思ったら、今度は糸と針か。その自立心に驚き、唸り、たいしたもんだとマスクの中で大きく息を漏らす。自分の息の音が漏れたのか、それとも後ろからの気配に気づいたのか、女の子がふと斜め後方にいる私の方を振り返った。

赤いセルフレームの眼鏡の中のいたいけな瞳と初めて合ったが、その目がわずかに窪んでいる。

……？

この歳で疲れているのだろうか？　まさか何か病気でもと思ったが、バスなどに乗るわけもなし、まして勉強やら裁縫などするわけもない。睡眠不足なのか、それとも食事をあまり取っていないのか、利発そうな眉の下の瞼が窪んで、淡い影を作っていたのだ。

——……もしや⁉

すぐにも互いに視線をそらしたが、私は腹の中をまさぐられるような、歯嚙みしたいような気持ちになって、コートのポケットに突っ込んでいた拳を握り締めた。

声をかけるわけにもいかない。お菓子もあげられない。ただ固く目を閉じるばかりだったが、笛田のバス停近くになると、また女の子は淡々と慣れた仕草で大きなリュックを背中に回して降りて行った。

次の日とさらに次の日には、駅前のバス停に女の子は現れなかった。

まったく見知らぬ小学生の子供のことを心配するのも、またおかしな話で、よけいなお世話なだけである。

すぐにも遅れていた仕事に追われて頭から女の子のことは離れてしまったが、昼食がてら小町通り入口近くの喫茶店に入った時だ。スマートフォンでウクライナ情勢の記事を読んでいた時に、背後の席から女性たちの話している声がふと聞こえてきて、ぼんやり視線を宙に上げる。

「鎌倉山の桜も、そろそろよねえ」

「ああ、いいわよねえ。ほら、あの、『見晴《みはらし》』にあるケーキ屋さんとかも行きたいわぁ」

話し声からして、五〇代くらいであろうか。仲の良い友達なのだろう、息継ぎする間もなく、立て続けに喋る様に苦笑が込み上げてきたが、屈託のない感じの話し方に、むしろ癒されるといえばいいか。

「あそこの、カライブとかモンブランケーキとか、もう最高なのよぅ」

「いやーん、もう俄然《がぜん》、食べたくなってきた」

「ねえ。……そうそう、そう言えば、鎌倉山の下の、笛田？　あそこの住宅街で火事があったでしょ、昨日」

少し潜めた声で割り込んできたもう一人の話に、思わず口元にやったコーヒーカップを止めた。

……笛田？　火事？

「昨日？　え、いつ頃？」

「夜中ぁ。ほら、遠藤さんの御親戚があそこに住んでて、危うく類焼するところだったんだって」

「いやだ、何、怖いわね」

「そう、昨日、確かに夜中、何台も消防車通ったわよ、私、ほら、トイレ近いから、トイレで起きたのか、サイレンの音で起きたのか」

「何言ってんのよぅ」と後ろで小さな笑い声が立ったが、私の方はスマートフォンに表示されている停戦なき「人道回廊」の設置の記事が目に入らなくなる。

「で、火元は何処なのよぅ」

「遠藤さんの御親戚の隣の隣だって」

「いや、怖いッ。夜中にそんな……」

「その火元の家なんだけど、もう完璧な全焼で、跡形もなくて……」

「え？　じゃ……」と問おうとした女性の声の後に、無言の頷《うなず》きの気配があった。

「……その家のお爺さんがね……。もう八〇代とからしいけど、コロナ前からずっと患ってて、家で」

かすかな溜息が後ろから聞こえてきた。自分にとってまったくの他人の話にもかかわらず、何か胸の中に冷たいものが静かに降りてくるのを感じていた。

「独り住まいだったわけ？」

「ご家族の方でしょう？　そう、それなんだけど、遠藤さんの話では、その家、ずっとお爺さんと小学生の孫娘さんと二人きりで、時々、地域包括支援センターの人が訪ねていたらしいんだけど……」

「小学生って……。何ッ、その孫娘さんが、お爺さんの面倒見てたとかいうわけ？　え？　じゃ、その子も？」

……嘘、だろう……？

胸や腹の内側を乱暴に掻き回される感じがしたが、これは自分の妄想にしか過ぎない。そんな偶然があるはずがない、と思った。だが、「嘘だろう？　嘘だろう？」と胸中繰り返している自分がいる。

「それが……見つからないんだって」

「え？　何それ」

「ほら、凄い燃え方だったらしくて……。ただ、焦げたブロック塀近くに、その子の服らしいものが落ちてたとか……」

「いやだッ、何、怖いッ」

その服の色は、何色なんだ？　どんな服だったんだ？　何歳くらいの子で、背丈は……？

目を閉じると、バスで乗り合わせた幼い女の子の、一心に本を読んでいる姿が蘇る。なみ縫いだか、まつり縫いだかよく分からないが、まだ玉結びさえ知らない子が多いというのに、バスの薄暗いＬＥＤライトの下で糸と針をぎこちない手つきで操っていた。

瞼を開くと、すでにスマートフォンは黒いスリープ画面になっていて、ロシアとベラルーシにしか通じない残酷な回廊については消えていた。カップに残った冷めた珈琲を一息で飲んで、マスクのゴム紐を耳にかける。後ろの席では、いつのまにか一一歳以下の子供たちへのワクチン接種について話が移っているようだった。

あの子は炎に巻き込まれていない。死んでいない。むしろ、あの女の子なら……。自分から家に火をつけて、逃げたのではあるまいか……。

あまりにも勝手な妄想が浮かび上がって来て、奥歯を嚙み締める。制服を着たウエイトレスが水を足しにきてくれたのを、片手を上げて制した。

もし……もし、そうだとしたら、彼女が裁縫をしていた時に、偶然視線が合った自分の目の表情にも一因があるのではないかと思えてくるのだ。それまで、その自立したおませな子に感心していたというのに、子供とも思えぬ目のやつれと出くわして、切ないほど哀れに思ってしまったのだから。そんな初老男の眼差しを受けて、それまで疑いもしなかった自らの境遇に気づいてしまったということもあるのではないか……。

いや、すでに後ろの席の女性たちが話していた小学生を、バスでよく見かけた子供と同一視している自分こそがおかしいことは分かっている。自らの馬鹿馬鹿しさを切るようにして、テーブルの上の本やらスマートフォンをバッグに放り込み、店を出る。

「八幡宮の方、行かね？」

「え？　私、海、見たいんだけど」

マスクを顎にかけて、いちご飴を舐めているカップルをよければ、ベビーカーを押す若い夫婦がスマートフォンをかざしながら歩いている。派手な色のレンタル着物を着た若い女の子たちのはしゃぎ、土産物を売ろうと通りの真ん中まで出て声を張り上げている作務衣姿のバイト青年。中学生の修学旅行なのか、学生服を着たグループが通り過ぎ、その脇をマスクを外したまま笑い声を上げている高齢者の女性たちがいる。

観光客の往来の激しい小町通りから細い路地を抜けて、段葛に出た。二の鳥居前を渡り、そのまま八幡宮近くの仕事場へと行けばいいものを、自分は逆方向の下馬の方に足を向けている。どうにも部屋にじっと籠っていられる気分ではなかった。

違うよな？　違うにしても、その火事にあった子は、どうした？　もし、あの子だとしたら……。

一体、自分はどうしたというのだろう。頭の中で妄念がとぐろを巻き、留まることを知らない。泣きながら逃げ惑うウクライナの子供たちの映像ばかり見せられたせいもあるのか。

鎌倉郵便局の角を曲がり、足元を見つめながら歩いて、いつのまにか本覚寺《ほんがくじ》の境内を通り抜けていた。滑川にかかる小さな橋を渡り、鬱蒼とした木立の中の一本道に入ると、湿った腐葉土のにおいがマスクを通しても鼻を刺すようで、脇を見れば巨大な老杉が幹にいびつな洞を開けて、何本も立っている。奥の山を見れば、シダや雑草の繁茂した中を巨木が立ち並び、蔓を垂れ下げながらわずかな木洩れ日を落としていた。まるでいつの時代にいるのか分からなくなるほどの森閑さ……。

比企谷《ひきがやつ》。

幾星霜を経た石段の丸みを踏みしめ上がると、堅牢な山門のむこうに見事な甍《いらか》の大波を立てている祖師堂が見えた。

日蓮宗長興山妙本寺。

比企谷の中に現れた壮大な甍屋根の迫りにふと足を止めたが、境内には咲き残った梅や早咲きの桜があちこちで花開いて、のどかな春がひっそり静まりながらも満たしている。

鎌倉駅からも遠くないというのに、観光客がほとんど訪れない寺には、たびたび一人ぼんやりしたい時に訪れていた。中原中也と小林秀雄がこの境内の海棠《かいどう》のもとで語らったというエピソードは知っていたが、そんな一コマはすぐにも消え失せて、いつも祖師堂脇にじっと息を潜めるようにして並ぶ古い墓石群に凝視されているようで、自ずと頭を下げていた。

苔むした五輪塔は北条氏に敗れた比企一族のものである。源頼朝亡き後、第二代将軍となった長男・頼家と幕府の重臣であった比企能員《よしかず》との深い関わりに、それまで権力を集めていた北条時政や政子らが危機感を持っての争いだという。

今にもくずおれそうな四つの小さな五輪塔や、南無妙法蓮華経の文字も摩滅した石柱……。長い歳月、風雪に晒された比企一族の墓は、うずくまり沈黙しているが、何か無念の低い唸りを発しているように見える。

――争いなど……何ももたらさず……。

胸中呟きを漏らしたものの、言葉が続かず、またウクライナの惨状の映像とバスで乗り合わせた女の子の姿が脳裏をよぎる。

頼家は比企能員の妻を乳母として育ち、その娘の若狭局《わかさのつぼね》を妻に迎えて、一幡《いちまん》という子をもうけたのだ。病に倒れた頼家は能員とともに一幡を第三代将軍に推そうとし、それに対し北条方は、頼朝の次男の実朝を推して対立することになる。

北条時政は頼家の病気平癒を願って薬師仏供養を行うので、是非自邸に来られたしと能員を招き、その場で殺害してしまったのだ。さらにこの比企谷にあった一族を一気に攻めた。その時に比企一族は、もはやこれまでと、自らの邸に火を放ち、自害してしまったのである。そこに、まだ七歳の幼子である一幡がいたという。

——無残にも、何の咎なき幼子まで、翻弄されて……。

獰猛に噴き上がり、あちこちで渦を巻く炎の中を逃げ惑い、天上も梁も焼けて次々に落ちてくる中、一幡は何を見たのか。貪婪《どんらん》にうねり、四方八方から舐めてくる炎の舌に嬲《なぶ》られ、あぶられ、さぞ怖かったであろうに……。

比企一族の墓から静かに離れて、参道近くへと戻るところに、その一幡の小さな五輪塔が立っている。

袖塚《そでづか》。

やはり下が苔に覆われた墓には、誰が供えたか色とりどりの菊の花が萎れてうなだれていた。その前に一歩二歩と近づいて、しばらく瞑目する。

比企一族の邸はすべて焼けてしまったが、そこに一幡の着ていた着物の袖が残っていたのだという。その幼い袖だけが、墓の下に収められているのである。

だが……。

――逃げろ。……生き延びろ。生き延びろ。

そう胸の中で強く唱えている自分がいた。

――逃げろ。生き延びろ。どうやっても生き延びろ。

袖塚から離れて、春の穏やかな境内を出ても、自らの念ずる声はやまない。

薄暗い木立の道を通り、本覚寺を抜け、クルマや人の往来で賑わう若宮大路に出ても、まだ私はマスクの内で繰り返していた。

唐^{から}
糸^{いと}

小雨が降り出しても、鎌倉駅前の人々の足取りはまったく変わりがない。観光客や地元の人々で混雑してはいたが、傘が開くのも二つ、三つ。鳩サブレーの店の前に群がる修学旅行生たちや、銀行から出て来る者、小町通り入口の鳥居下ではしゃいでいる若者たちも、まばらに降り始めた雨などいっこうに気にしていない。

横須賀線発着のアナウンスを背後に聞きながら、群衆の間を縫って歩く。マスクを下げ、色のどぎついリンゴ飴を舐めながらポーズを取っている若い女性たち、ベビーカーのハンドルに買い物袋をいくつもぶらさげた若夫婦、高齢者のグループもあれば、陰鬱な面差しで足元を見つめ、急ぎ歩く中年のサラリーマンもいる。

「……無老死亦無老死尽無苦集滅道……」

歩道の隅に立ち、飴色になった網代笠の下で、般若心経を低い声で唱えている托鉢僧。円覚寺か、建長寺か。年季の入った墨衣を着た僧の前を通って、小町通りに入れば、疎雨《そう》の夕刻にもかかわらず、観光客たちで賑わっていた。いつのまにか海外からの人も多くなって、広東語が聞こえるかと思えば、英語が耳に飛び込んできて、ラテン系の言葉も紛れて通り過ぎる。

それでも皆、マスクを律儀につけているが、この雑踏を見ても新型コロナ感染に気がいくより、何処かの国から無差別に飛んでくるミサイルを思っている自分がいた。

「やっぱ、コンビニ、寄ってくわ」

「アジサイなんて、何処にでも咲いてるじゃん……」

「クルミッ子、買っていかないとなんだよねえ」

人々の頭の波に透明や黒や赤い傘がようやく開き始める。少し雨脚が強くなってきて、本降りになるのだろうか。次第に群衆の流れが蛇行しながらも、はっきりしてきた。ひしめいて並ぶ店先のオーニングテントを広げようと、ハンドルを必死に回す店員や、外に出していた品物をあわててしまい込む店の者もいる。自分も土産物屋の軒下に身を寄せると、バッグの中から傘を取り出した。

「わ、マジでかー、これ、止む？　止まん？」

「神札が、ほら、濡れるから」

「寿福寺って、逆じゃね？　裏駅っしょ」

小走りで右往左往する人々を眺めながら傘を開き始めたが、何も自分まで焦って帰る必要もないじゃないかと思う。何処か静かな店で一杯やっていくかと、スマートフォンを取り出して、着信履歴を確かめた。数日前に飲みに誘ってくれた友人の番号をタップする。締切が過ぎているにもかかわらず、どうにも原稿が行き詰まり脂汗を流していた時に、有川という同世代の友人から電話があったのだった。

「おう、無事、仕事は終わったの？」

いきなり耳の中に荒い声が飛び込んできて、苦笑する。

「何？　クルマ、運転中か？」

かすかにエンジン音らしきノイズが紛れていて、こちらの雨中の雑踏とは違う走行音がスマートフォンから漏れて聞こえてきた。

「ああ、大丈夫だよ。スピーカーフォンにしてっから」

「今、何処？」

「横横の新山下、降りたところ」

「新山下、かあ。いや、この前、飲めなかったから、今日、どうかと思ってさ」

「ああ……」という友人の嘆息とともに、ウインカーの音が聞こえてきた。

「おふくろの施設のさ、面会許可がようやく出て、今、それで……」

友人の母親は九〇歳くらいだったか。七〇歳を越えた頃から徘徊を繰り返すようになって苦労をしたとも聞いていた。花が好きで、よくよその家の庭から綺麗な花を抜いては愛しげに掲げ、彷徨《さまよ》っているというのを聞いて、切なくなったことがある。

「それは、良かった。是非な、ゆっくり会ってやってくれよ」

自分の母親はもう三年前に亡くなってしまったが、やはり認知症を患って施設に入ったのだ。毎週故郷の新潟に帰っては、もはや反応もおぼつかなくなった母親に会い、そのたびに他人のようになった童女と老女の間に挟まれて溜息を漏らしていた自分が思い出された。

取りとめのない話をして電話を切り、少しの間、路面にでき始めた薄い水溜まりの影を見つめていた。雨粒で一つ二つと波紋が広がり、消える刹那に、また二つ、三つと繊細な波紋が生まれた。そこに急ぎ足で行く人の影がよぎって揺れる。

「鉤屋」か「風炉串」にでも行ったら、と友人はいつも二人で飲む店を勧めていたが、一人で行く気になれず、傘を掲げて目当てもなく小町通りを歩き出した。駅へと向かう人々の流れに逆行して、右へ左へと人の間を縫い、古い和菓子屋の角を曲がって細い路地に入った。

傘を叩く雨音が大きくなる。一気に人がいなくなったせいで、雨音の方が強く聞こえ、何処か遠くのスナックからカラオケを歌うだみ声が届いてくる程度だ。だらしなく枝を垂らした柳にも雨滴が光り、凸凹《でこぼこ》としたコンクリートの平板の敷石も黒く濡れている。

小町通りの喧騒が嘘のようで、ひっそりと雨を吸っている細い路地をさらに曲がると、もはや世捨て小路と呼びたくなるような寂しい路地に入った。それでも雨に濡れながらも蛍光灯の弱い光を震わせた小さな飲み屋の看板や、綻《ほころ》びた赤提灯がいくつか並んでいる。黴臭く、じんわりと湿気が肌にまとわりついてきて、早く何処でもいいから冷えたビールでも飲みたいと、小さな飲み屋の古い戸口の並びを物色して歩いた。

と、やはりしお垂れたような一本の柳に隠れて、白熱灯の柔らかな光を戸口の曇りガラスに映している店があった。

——……こんな、所に……飲み屋が、あったっけかな……。

時々通る路地にもかかわらず、他の店の侘しげな構えは馴染みがあるものの、その柳に隠れた角にある店は覚えがない。それとも、長い間、閉まっていたのか。

暖簾《のれん》も出ていないが、戸口の脇に小さく、「唐糸」と看板めいた表札が文字のかすれたままに掛かっている。

——唐糸……って、あの唐糸、か……？

曇りガラスの入った格子戸に手をかけてみると、呆気ないほどすぐにも音を立てて開いた。何本かの一升瓶や黒電話などが置かれた、古びたカウンターが目に入って、店の中を覗こうとすると、カウンターの向こう側から細い人影がゆるりと立ち上がった。

「……ああ、いらっしゃい……」

しわがれた女性の声がして、白髪をお団子にまとめた痩せた老女の顔が現れた。

「お店、やってます、か？」

「ああ、やってますよ。……まあ、あんまり出すもんは、ないけどねえ」

八〇歳は過ぎているのではなかろうか。紺絣《こんがすり》の着物の襟から鳥ガラのように痩せた華奢な首筋を覗かせてはいるが、皺ばんだ口元に浮かべた笑みは穏やかに見える。

年季の入ったカウンターに、縄編みのスツールが五脚だけの狭い店で、壁上に祀られた鶴岡八幡宮例大祭のお札も古い感じに見える。一番端の椅子に腰かけて、「まずは、生」と声をかけると、「うちは、瓶しかないんですよぅ」と返ってきた。

老いた女将はゆっくりと後ろを振り向いて屈む。それでも長年の慣れか、無駄なく流れるような動きで瓶ビールを冷蔵庫から取り出し、おびただしい傷で曇ったコップと一緒にカウンターに置いてくれた。

「このお店……前からありましたっけ？　気づかなかった……」

「あんた……鎌倉の、人かねぇ」

「まあ、三〇年くらいにはなるけど」

「まだ、三〇年かねぇ。……そうか、私はこのところ、田舎の、長野なんだけどねえ、帰ってたから……。もう六〇年、ここ。……ほれ、あの、作兵衛さんは知ってるかね？」

作兵衛は鎌倉の飲み屋でもかなり古く、常連の集まる店だったが、三年前に畳んでしまった。

「作兵衛さんが、まだ、こんな小っちゃい時から、あんた……、この店の前、ちょろちょろしてねえ。おばちゃん、おばちゃん、って……、店に遊びに来てはねえ、ちょろちょろ、ちょろちょろ……」

女将がわずかに遠い眼差しをしながら目尻に皺を幾重にも寄せて、口元から銀歯を覗かせた。

「作兵衛さんがねえ」

にこりともせず、むっつりと渋い顔をして、包丁を動かしていた作兵衛の親父の姿が思い出される。あの人がまだ幼児だった頃から、女将のこの店はやっていたわけか。

「私もいつのまにか、こんな歳だから……もう、店をね、畳もうと思ってねぇ、片付けの最中なんだよぅ」

冷えたビールを飲みながら、女将の話にうなずいて、また狭い店の中を見回す。かなり昔の女優が、水着姿でビールジョッキを持って笑っているポスター。並んでいる品書きの札は、変色してほとんど端がめくれてもいた。黒電話脇の筆立てに突っ込まれた孫の手。カウンターについた煙草の焦げ跡は、豹の斑点のようにも見える。

「なんか、つまむもんは……？」

「ああ……今は、あんた……おでん、しかないんですよぅ」

この季節におでんというのも酔狂だが、嫌いではない。

「おでん、いいですね。じゃ、なんか適当に」と頼むと、老女将は着物の袖を片手で手繰り寄せながら鍋の蓋を開けたり、お玉で掬ったりと、やはりゆっくりとしながらもこなれた立ち居を見せた。

筋張った震える手でカウンターに置かれた器には、これまた度肝を抜かれるほど煮しまった、黒っぽい大根やちくわ、つみれが盛ってある。大根も染み過ぎて、繊維の皺が縮み上がり、何年もおでんのつゆの中に浸かっていたかのようなのだ。箸を入れると、すぐにも崩れてわずかに白っぽい断面が覗いたが、口に入れてみると意外にも薄味の上々のうまさだった。

「女将さん、うまいよ」

「なーに、あんた」と女将は皺ばんだ口角を上げて、また銀歯を覗かせた。

「……この、お店の、名前、ですけど……」と、大根の熱さを口の中で回しながら話しかけると、女将は表情を嬉しそうに崩しながら、カウンターの中の椅子に腰かけている。

「唐糸って、あの、唐糸やぐらの、唐糸……？」

「そうだよぅ。……あんた、鎌倉生まれかねえ」

今さっき、鎌倉に来てから三〇年と伝えたはずだが……と思いつつも、面倒になってうなずいて見せる。

大町から衣張山《きぬはり》の方へと入っていけば、北条時政山荘のあった釈迦堂口にいくつものやぐらが暗い口を開いていて、そのうちの一つが唐糸やぐらだ。シダやイワタバコの生えた岩壁に歪《いびつ》な矩形の洞がえぐられていて、その小さな入口の奥に孕まれた濃い闇が思い出される。

「もう、ここ、六〇年だよぅ」

「ええ……」

「でもねえ、私も、こんな歳だからねぇ、畳もうと思ってねぇ」

雨脚が強くなってきたのか、戸口の外というよりも、小さな店全体を雨が包み込んでいるかに思えてきた。古びた繭の中でゆっくり酔いが深まっていくようだ。しかも記憶のおぼつかない老女とくたびれた初老男しかいない。

釈迦堂口の切通しがぼんやり浮かんできて、両側から立ち迫る堅牢な岩壁に、幾重にも横にえぐられた縞の痕が棚のように重なっているのが見えてきた。岩の歪んだ影が、隆起した眉頭や睨みつける獰猛な眼にも思えて、多くの鬼たちが岩壁に潜んで、こちらをじっとうかがっているようにも思える切通しなのだ。今は、確か、落石の危険があるとかで、通行禁止になっているはず……。

「私はもともと、あれだよ、下馬のあたりのね、置屋にいたんだよぅ」

「……置屋？　ってことは、女将さん、芸妓《げいぎ》だったってこと？」

鎌倉も昭和三〇年代までは置屋がいくつもあったと聞いたことがある。観光地で古刹も多いとなれば、座敷に芸者を上げる客も少なくなかっただろう。

「まだまだ、子供。半玉にも届かない、おぼこだよぅ」

そう言って口元に皺を寄せ、窪んだ眼に笑みを浮かべながら伏せている。何やら能の小町老女の面にも見えて、微笑んでいるようにも、シオリを見せているようでもある。

「うちの母がね……三味線が、それは上手でねぇ。長野から出てきて、すぐにこっちで芸妓になって……。ああ、ビールかね？　日本酒かね？　お酒はこれしかないけどねえ」

カウンターの上に立てた剣菱を節くれた指で示す。コップ酒を頼んで、また煮しまったちくわを一口齧る。

「……私は、それでも、舞と歌がねぇ……得意だったんだよぅ」

「そうか、やっぱり、女将は万寿姫さんか」

そう冗談混じりに声を上げれば、女将は痩せた片手で宙を掻いて恥ずかしげに笑った。

唐糸やぐらの「唐糸」は、源頼朝の命を狙った女の名前だ。万寿はその娘。

木曾義仲の家来、手塚光盛《みつもり》の娘・唐糸は、琵琶の名手として頼朝に仕えながらも密かに父の仇である頼朝の命を奪おうと機をうかがっていたのだという。

その企みが発覚して幽閉されたのが、唐糸やぐら。

即刻、首を刎《は》ねられてもおかしくはないが、確か二年間ほど閉じ込められ――。

「……そもそも君は……千代をかさねて六千歳……」

抑揚をつけたかすかな声で、女将が口ずさみ始める。遠い目をしながらも、わずかに痩せた首を節に合わせて傾けてもいた。

「栄えさせたまうべき……」

娘の万寿姫なる少女が母の唐糸を想い続け、はるばる信濃から鎌倉まで辿り着き、素性を伏せたまま今様の名手として頼朝に仕えることになる。

「かほどめでたきおんことに……相生《あいおい》の松が枝……」

ある日の鶴岡八幡宮奉納の折。

「……福寿無量の慶びを……君に捧げ申さん」

万寿は周りが息を呑むほどの見事な奉納の舞を見せて、頼朝の賞賛を受け、褒美を取らせるとの言葉を受けたのだ。

――さて、なんぢは今様の上手かな。めでたうこそは歌うけれ。国はいずくの者なるぞや、親をば誰と申すらん、親を名のれ、御引出物給はるべき……。

「……うちの母は、ほんとに、苦労してねぇ。……あんた、まだ幼子の私を連れて、ろくでもない男の後妻に入って……」

ぬるい常温のコップ酒を一口含んで女将に視線をやると、先ほどとは違って、老いて痩せた面を俯かせ、わずかに曇らせていた。まとめていた白髪の一筋二筋が、頬骨にもかかっている。

こちらは何も言い出せず、ただ黙って酒をやり、うなずいているしかなかった。

「……貧しい土地だったから、仕方なかったけどもねぇ……」

「……ああ、昔は、何処もねえ」と、あまりに沈黙しているのもバツが悪くなって、言い添えてみる。ふと、女将の故郷という信州に残る姥捨伝説を脳裡によぎらせている自分がいたが、それはさらに昔の話だ。

「あんたは、もともと、鎌倉かね？」

「……いや、俺は、新潟の出ですよ。鎌倉は三〇年くらいかな」

また同じことを答える。

「まだ、三〇年かね。ここは、あんた、六〇年だよぅ。……でもね、私も、こんな歳だからね。もう畳もうと思って……」

万寿姫は頼朝に申し出たのだ。

――みづからが親は御所様の御裏の石の籠につきこめ給ふ、唐糸にて候ふなり。……このたびの今様の御引出物には、母が命に、みづからを取りかへてたび給へ……。

自分の命と引き換えに、母を助けてくださいとの申し出に、唐糸を絶対に許すまじと決めていた頼朝も心を動かされ、二人を許したのだという。

剣菱のお替わりをして、外の雨の音を聞いているうちに酔いも回る。この女将のもともとの父親というのは、戦争か病かで亡くなってしまったのだろうか。そんなことは分からないし、聞くのもはばかられる。まして、義父が母親どころか、まだ少女だった女将にまで酷い仕打ちを向けたのではないか、と妙な想像までしていて、自らの悪い妄想の道筋のあり方に頭を振った。

「うちの母は、三味線が上手でねえ。私は、舞の方ができて……」

「綺麗、でしたでしょうねえ、女将さんの舞……。見たかったな」

「なーに、あんた」と、また皺ばんだ片手を振って、照れたように目を細めた。

もう釈迦堂口になど何年も行っていないが、薄霧の立ち込めやすい切通しの景色が浮かんできて、唐糸やぐらの奥まった闇の穴まで見えてくる。老いた母の三味線の音にのって、まだ若い娘がいたいけに舞っている姿を想っていると、自らの中の男の野卑や傲慢や、そのろくでもなさというやつが炙《あぶ》り出されるようで、苦いものが胃の腑にわだかまるようだ。

「あんた、呑むんだねえ」

女将の言葉に顔を上げると、いつのまにかカウンターに差し出していたコップに、またぬるい剣菱が注がれている。

「女将……。せっかくなんだから、もう少し、このお店、続ければいいのに……」

「もう六〇年だよぅ」

「うん」

「……あんた、作兵衛さんって、知ってるかねえ。作兵衛さんが、まだ、こんな小っちゃい頃からねえ、この辺、ちょろちょろちょろちょろちょろ歩き回ってねえ……」

外の雨もだいぶ静かになってきたようだが、戸口の曇りガラスを何気なく振り返ると、湿気で影が敷居の方から舌のようにぼんやりと伸びている。またうんざりするほどの暑い夏がやってきて、さらに鎌倉は賑やかになるのだろうが、何処の土地の飲み屋にいるのか分からないほど静かだった。

カウンターの方に酔眼を戻すと、女将は白髪をまとめたお団子頭を傾けて、うつらうつらしている。そろそろお暇した方がいいのだろう。

それから二日ほど、霧雨が音もなく鎌倉の山を濡らしたり、雷とともに驟雨《しゅうう》が降ったりしていたが、久しぶりに雲間から青空が覗く暑い日になった。

仕事場から出て八幡宮前の段葛を歩いても、小町通りに入っても、観光客が多くてひしめき合っている。これはむしろ隣の北鎌倉の「椿」でビールをやった方が賢明か、と、群衆に紛れながら小町通りを歩き、横須賀線に乗った。

鎌倉の山々が雨をふんだんに吸って、いちだんと濃い緑を繁茂させ、潤っているのが分かる。マスク越しでも車窓から入る風に、噎《む》せるような緑の青臭い気を感じるのだ。円覚寺前の石段に雪崩れるように覆い被さる青楓が見えてきて、電車は速度を落とし、北鎌倉駅のホームにゆっくりと入った。

「椿」の薄暗い洞のような中に入ると、年季が入ってとろりと光ったカウンターに、写真家の淵辺老人がいつものように座っていて、憮然としたまま うなずいてくる。厨房に「ビール」と声をかけて、カウンターに座れば、「なんだ、今日は？」と声をかけてきた。

「また書けんのか？　それとも、駄文ゆえに、はかどったか？」

そう言ってポロシャツの痩せた肩を震わせる。

「かくのは、恥ばかりなり、ですよ」

ビールを一、二杯やっているうちに、「椿」のドアが勢いよく開いて、Tシャツに短パン、ビーチサンダルを履いた有川が入ってきた。

「おぅ、またまたいい歳をした湘南ボーイがきたな」と淵辺。

有川は短い白髪を立て、日に焼けた顔に眩しげな笑みを浮かべている。

「あれ？　いたの？　この前は悪い。あの後、電話したんだけど、つながんなかったよ」

有川が私の横に座り、手にしていたバッグから煙草を取り出した。

「お母さんは、どうだった？　お元気でいらっしゃった？」

「いやー。俺の顔見ても、分かんないんだよぅ。哲郎だよ、って言っても、『哲郎は死にました』とか言ってさあ。『どなたですか』だと」

淵辺が口元にやっていた焼酎のグラスを揺らし、私は私でビールを噴き出すところだった。

「いやいやいやー、俺もそうなるぞ、すぐに」と、淵辺が目尻を笑みで曇らせて、また焼酎グラスを傾ける。

「あの日、何処で飲んだの？『風炉串』？『鉤屋』？　施設を出る時、何度も電話したんだよう」

スマートフォンは普段のまま開けていたし、有川からの着信など入ってなかったと思ったが……。

「あの、小町通り、路地裏の、『唐糸』って店……」

「……唐糸……？」

淵辺も有川も同時にきょとんとしたような顔をして、こちらを見てくる。

「あの、なんだ、元芸妓の婆さん……なんて言ったかな……名前忘れたが、やってたところだろう？」

「田代さん、ね」と厨房の奥からマスターの声が聞こえてくる。

「そうだ、田代。田代の婆さんだ。……で、なんで、『唐糸』って……。あそこは、もうとっくに店、閉めてるぞ」

はい？　と淵辺の眉根をねじり寄せている顔と、有川の目をしばたたかせている顔を、交互に見つめ返した。

「いや、『唐糸』の女将さん、故郷の長野に帰っていて、店を整理するために戻ってきたとか言ってたけど……」

「何言ってんだよう。それ、違う店だろう？　『唐糸』はもう、戸口も窓も木材で斜交いに打ちつけて、入れんし、そんなもん、もう二年になるんじゃないか」

淵辺の顔を見ても、こちらをからかっているようでもない。むしろ怪訝そうな面持ちで私を確かめ、視線を上下に揺らしている。

「『唐糸』の隣の、『さわらび』のこと言ってんじゃない？　あの辺、あんまり行かないから詳しくないが……」

有川まで何か気の毒そうな表情で見てから、「ずいぶん酔ってたなあ、それ」と目尻に皺を寄せた。

「唐糸」のカウンターのむこうで、白髪の幾筋かを瘦せた顔に垂らしていた老女の姿を思い浮かべる。瓶ビールを飲んだ。剣菱を飲んだ。舞ができたのだとはにかみながら笑って、皺だらけの手を宙に泳がせたはずだ。

「酔って……たのか、な……」

若くて美しい万寿が今様を謡いながら舞う姿を、私は確かに見たのだ。

「酔って、た、か……」

ビールグラスをわずかに掲げて、目を閉じる。「相生の松が枝……」と、かすかに口ずさんだ老女将の声が聞こえてきて、もう一度グラスを掲げた。

飢渴畠《けかちばたけ》

まだ菊花の饐《す》えたにおいが、体にまとわりついている気がした。

右手の指先にもざらりとした抹香の感触が残る。

密を回避するための葬儀は、焼香の後に会葬御礼をいただいただけで、故人のご遺族や知人らとも挨拶程度の話しかできなかった。虚ろな気分で若宮大路に出て、一体自分は何処へ向かえばいいのだろう、と迷いながらも、足は海の方に向かっている。

礼服を着た初老男が、物好きにも由比ガ浜に出て、秋の海を眺めてどうなるというんだ？

「……馬鹿、だな……、馬鹿だ。……もっと、馬鹿なのは、川成のやつだ……」

歩道脇に幹をくねらせた松の木が、濃い影を揺らしながら並んでいる。もう一〇月だというのに、残暑を思わせるような眩しい日差しになることもしばしばだが、さすがに海から若宮大路を渡って来る風は、やはり晩夏よりは乾いて涼しい。一の鳥居が大路のど真ん中に見えたあたりで、礼服の上着を脱いで、黒ネクタイや襟元を緩めると、ワイシャツの中に潮風が滑り込んで、ふくらませる。

「こんな……いい風が吹く、季節に、なったというのにな……」

マスクの内で声にしているのか、胸の中で呟いているのかも、分からない。脇を走るクルマやバイクの音に紛れてというよりも、すでに葬儀に列席していた時からそうだったのではないか。黙して心に収めておかねばならぬことを口に出していて、また、挨拶や返事をせねばならぬ時に、胸中の奥で声にして答えたつもりになっている。

還暦を過ぎてから、友人や知人の逝去が多くなってきて、自分もいつ何時《なんどき》か分からないと薄い覚悟はしていたつもりだった。逝く者たちと自分とは、紙一重の呼吸の違いのようなものではないかとさえ思うようになっていたのだ。

だが、川成の突然の死がこたえたのは、自分はまだまだ生きるのだろうと無意識の内にも胡《あ》坐《ぐら》をかいていたようなものだ。ようやく首筋に冷たい刃物を当てられて、どうだ？　どうだ？と問われている。

「川成……おまえも、そう思っていたんだろう……？」

何を思ったのか。自棄になったのか。それとも、ほんの気まぐれだったか。自らの経営する川成屋酒店の商品の、ウイスキーやら焼酎やらを痛飲し、泥酔したまま由比ガ浜に出て、夜の海で泳ぎ出したのだという。実際に身内や従業員が川成の海に入る姿を目撃したわけではないが、浜にたむろしていた若者たちの話によるとそうらしい。

波打ち際までえらい千鳥足で、砂に足を取られては転び、また立ち上がり、何か叫んだかと思うと、また歩き出す。波打ち際までくると、ふと佇んで、そのまま服のまま海へ入っていき、クロールで泳ぎ出したと。

鎌倉生まれの、由比ガ浜育ちの男が、酒を飲んで海の中に入る危険性を知らぬわけがない。もはやそれすらも分からなくなって、波に戯れ、揉まれ、呑まれてしまったのか……。

――千代もと契りし友人《ともびと》も～。変る世なれや我ひとり～。

川成の唸る下手な謡が蘇ってきて、ふと苦笑に顔をほころばせたが、目の端や口角が重く垂れていくのが自分でも分かる。あの下手くそな謡をやる男は、もういない。

川成とは、もう七、八年前からの付き合いになるだろうか。北鎌倉の浄智寺《じょうち》で平家琵琶だったか、薩摩琵琶だったかの演奏会があった時で、その打ち上げに酒を運んできたのが彼だった。浄智寺は店の得意先だったのだろう、住職と親しげに交わす酒屋の男の話をそれとなく聞いていて、西田幾多郎《きたろう》やら北大路魯山人《ろさんじん》らの名前を口にしているのがふと耳に入ってきた。

「うん？　ご主人は、西田幾多郎や魯山人と、会ったこと、あるんですか？」とずいぶん間抜けなことを聞いたら、住職と川成がきょとんとした顔をして私を見たのだ。

――ええ？　あんた、何、言ってんです？　俺は、あんたと、歳、変わらないですよう。先代、先々代の話。……あんた、呑みすぎだなあ、いや、むしろ、呑みが足りないな。もっと、うちのお酒を呑んで下さいよう。

そう言って一升瓶を傾けてきたのだ。それからの付き合いになった。今小路や由比ガ浜通りや小町路地裏の飲み屋で、時々会っては愚にもつかぬくだらない話をしては盃を重ね、ほんの二か月前も呑んだばかりだった。

遺影の写真は、謡の発表会の時のものか。紋付を着て、まだ髪が黒いままの武張った顔をしていたが、棺に収まっていた男は短い五分刈りのごま塩頭に、血の抜けた白い唇をして、落ち窪んだ眼がわずかに開き、うっすらと鈍く光っていた。いやに眉間近くの黒子が目立っていたが、「俺は最終的には、大金が入るのよう」と事あるごとに自慢していた福黒子だった。

――……鎌倉山の雲霞。げにかかる身の習かや……。

空がさらに開けてきて、滑川の交差点のむこうに一条の水平線が現れた。遠くかすかに大島の薄紫色の影も浮いて、一気に潮のにおいが濃くなった。それでも川成と行った二か月前の由比ガ浜の潮風とは違う。夏の海風の中に、ふと細くひやりと冷たい一筋が紛れ込んだりしていたのが、今は、涼しい風の中に、時にぬるい風の層がかすめたりする。

強い海風のひと撫でふた撫でに煽られながら、一三四号線の道路を渡ると、海が目の前に開けた。薄い層雲の幾筋かが羽のように空を掃き、その下をそれほど高くはないが白く泡立つ波頭が重なって、腹に響く音を立てている。

さんざめく海面の光の反射に目を細め、薄緑色に透いた波の盛り上がりを見ていると、端の方から小さな白い牙を見せながら倒れてくる。サーフィンをやる者が点々と浮木のように見え、沖の方ではウインドサーフィンのセールがいくつも傾いていた。

「……鐘も聞うる東雲《しののめ》に、牢より籠《ろう》の輿《こし》に乗せ……由比の汀《みぎわ》に、急ぎけり……か」

マスクを外してズボンのポケットに突っ込むと、防波堤沿いを歩く。夏のようにひしめき並んでいた海の家ももうなくて、浜にいる人影もまばらだった。海へと靡くように落ちた稲村ケ崎の、さらにむこうに富士山の稜線が浮かんでいるのが見える。

「今日は、まだ見えないか……。にしても、これ、何だよ、これはさあ」

白いビニール張りのボックスシートで首をひねって、富士の山容を探していた川成が、顔をしかめて浜の方に視線を戻す。幼い頃から由比ガ浜から見える夕刻の富士山が大好きだった、と話していたが、まだ日が傾くには早かった。

ＢＥＡＣＨ・ＨＯＵＳＥやＳＥＡＳＩＤＥ・ＢＡＲ、ＹＵＩＧＡＨＡＭＡ・ＰＡＲＡＤＩＳＥだの、アルファベットやカタカナ文字の店名が並ぶ海の家。レゲエやジャズ、ロックにＪポップの音楽があちこちからあふれ、砂浜は水着姿の若者たちや家族連れで賑わっていた。

「何だよ、って、おまえが、来たいって言ったんじゃないか」

「にしても、これは、狂気の沙汰というやつだよう。ああッ、これら海の家がさ、うちの酒を買ってくれたらな、畜生め！」

そう吐き捨てるように言って苦々しい顔をしながらも、モヒートのストローを唇をねじ曲げくわえている。

コロナ禍もあって、ようやく三年ぶりに鎌倉で海の家がオープンされたが、そこに行ってみたいと言ったのは川成の方だった。うだるような暑さと若者でごった返しの海に、物好きにも行ってどうするんだ？　と聞けば、海の家で出している酒や販路を確かめたいと言う。

三〇歳過ぎに大手の建設会社の営業を辞めて、先代、先々代と地元で長く酒販業を営んでいる店を継いだという男は、この三年間、確かに会うたびに自嘲を交えながらも零していた。新型コロナの蔓延のせいで、得意先の飲み屋からもホテルの宴会部からも結婚式場からも、注文がなくなった。行政の支援も微々たるもので、挙句の果ては都内の量販店が進出してきて安価というだけで客を吸い上げ、さらには同業の町の酒屋たちまで販路を横取りし始めた、と。

「この世界、本来、義理と人情なのよう。それを、しゃーしゃーとまあ。……従業員たちを、どうやって食わせればいいんかなあ」

眉間の福黒子を攣《つ》らせるように皺を寄せて目を伏せていたものだが、酒が回るとそれでも機嫌が良くなって、大谷翔平のホームランの軌道や、高卒で入ってきた従業員の女の子の可愛さを自慢してはよく笑った。

「これ、楽しんかなあ、海ぃ」

「俺らが場違い。浮いてるだけだな」

雇用調整助成金も雀の涙で、何の援けにもならない。店の駐車場スペースの半分と倉庫一つ分の土地を売り、なんとか限界でしのいでいるが、もう半年先は分からないとも言った。「もう従業員を……切る、しかないんかなあ……」と、社員の話をする時だけ、かなり酔いが回っていても深刻な面差しになって、じっと斜め下に視線を落としていた。

「ああ、お姉さん、お姉さん。お酒。麒麟山の伝辛、熱燗で」

「おまえ、馬鹿か。あるわけないだろ」

「あ、お姉さん、ない？　ないのかあ。すぐ近くの川成屋なら置いているんだけどねえ」

赤いアロハを着たバイトの女の子が、面倒そうに目の端で牽制してくる。慌てて川成はシートの上で姿勢を正して、「ああ、ごめんねえ。お姉さん、じゃあ、普通の熱燗で」と頼んだ。「レンジでチンでいいからねッ」ともつけ加える。

夏の日差しが照りつける海の家で、日本酒の熱燗をやり始めたのは、自分たちだけだった。周りを見回しても、還暦過ぎの者など誰もいない。水着姿の若いカップルや女の子のグループ、タンクトップから刺青を見せつけている若い男の子たち……。川成は黒のTシャツに、まくり上げたジャージーのパンツで、私は一昔前のくたびれた甚平。どう見ても、海の家に不似合いだっただろう。

「はー、へえー、そうか」と、頬杖をつきながら浜辺にひしめく人々を眺めては、感心しているのか呆れているのか、川成はゆがめた唇から溜息を漏らしている。

大きなパラソルがいくつも乱雑に並び、デッキチェアやビニールシートに寝そべる者、小型のカラフルなテントの周りで、フラッペや焼きトウモロコシを食べる者、風に流されるビーチボールを打っては手足を広げ、砂を派手に巻き上げて転ぶ者……。

小さな水着から長い手足を奔放に伸ばして、若い男たちの視線を集めようと競い合う女の子のグループもいれば、黄色の蛍光色のビキニをつけて、カブトムシやクワガタなどの甲虫類を思わせるような色に日焼けしている若い子もいる。日焼け止めローションのにおいや、シシカバブを焼くにおい、スイカの腐ったにおいまで何処かからして、思わず口角を下げては、ぐい飲みを傾けた。

「……楽しいんかねえ……」

「楽しいんだろ」

「悩みなんて、あるんかなあ」

「そら、あるだろ」

川成に徳利を差し出すと、宙にかざしたぐい飲みの手を止めたまま浜辺を見て、乾いた笑いを漏らしている。

「おい、あれ、見てよ。青いパラソルの横……」

見れば、肌の白い二人の女性が屈みこんで、一心に砂の山を築いていた。こちらに背中を向けて、水着からはみ出た尻の肉やむっちりした太腿を露わにして、笑いながら垂れた長い髪を揺らしている。砂に爪先を埋もれさせた足の裏が四つ、顔のように並んで見えた。

「無防備、だよなあ。どっか、温《あった》かいんかなあ」

「温かいって、おまえ」と、こちらも川成を諫めながらも、笑いを漏らしていた。

「これ、俺、若かったら、分からんなあ……」

女の子たちが出し抜けに高い笑い声を上げ、二人して尻もちをついている。白い尻や腿についた鉛色の砂をしなやかに体をひねらせて払い、柔らかな若い肉を震わせる。そして、勢いよく立ち上がると、はしゃぎながら波打ち際の方に駆けて行った。

二合徳利が四本目に入ると、日が傾き始めて海風が涼しく感じられてくる。浜辺ではまったく昼と喧騒が変わらず、混み具合も同じままだった。海の家のデッキで浜辺の裸同然の群衆を眺め続けていると、酔いも手伝って、そのうち奇妙な景色にも思えてくるのだ。

砂に横たわる白い肌の女性、焦げたかのように褐色に日に焼けた者、太った男、痩せた人、筋骨逞しい若者、乳房が水着からあふれるかのような女……。何か砂浜にのたうっている、毛のない芋虫の群れのように見えてくる。這っていたり、弾け飛んでいたり、うずくまっていたり、往生していたりと、異様な景色に見えてきた。

そんな時、川成が少し呂律の回らぬ口で漏らしたのだ。

「ここ……由比ガ浜はさあ……昔、処刑場、だったんだよなあ」

「ええ？　ショケイ……？」

「処刑場。ほら、今、流行りの鎌倉殿のさ……。昭和に入って、この辺一帯、掘り返した時に……六〇〇〇体くらいの、人骨が出てきたって」

とろりとした眼差しで由比ガ浜の海を見ながら、川成は唇を尖らせてぐい飲みを傾け、口の両脇から息を搾り出す。

「屍《かばね》の蔵で、鎌倉、だからなあ……」

鎌倉の地は建長寺や葛原岡《くずはらがおか》神社など、あちこちに昔日の処刑場があったと聞くが、由比ガ浜も然りなのだろう。砂が血を吸う、波が洗う、海風は罪人の声をかき消す。義経の愛妾静御前が男児を生んだ時にも、頼朝はこの由比ガ浜でその赤子を殺めたのだ。

そうか、俺が今見ていたのも、骸《むくろ》の景色だったのか、と酔眼で見回す。賑やかな音楽や人の歓声が遠のいて、由比ガ浜の浜辺におびただしい骸があちこちに横たわり、腕で宙を掻いたまま固まり、体をくねらせ、砂に半身を埋もれさせている。立っている者らは、西方浄土の海へと揺らめき向かう幽霊たちの姿であろうか。

「……人間は、やっぱり……糞袋だ」

「なんだよ、おまえ、仏陀みたいなこと言うじゃないか。呑み過ぎだ」

「……あのさ、俺な……二週間前にさ、従業員……。五人、一気に解雇した……。クビ……」

解雇？　クビ？

テーブルの上の枝豆の皿に目を落としてつぶやく川成に、なんと声をかければいいのか分からない。

とうとう踏み切ったのか……。

その報告に驚いても、流しても、川成の心をえぐるだけだ。ただ、「そうだったのか……」と一言返すのが精一杯だった。

もうどうにも店が立ち行かなくなり、そこで長いこと働いてくれた年配の社員から声をかけていき、それでも自分の中で誰を切るのか選別している酷さに苛立ち、絶望し、究極は自らの保身を選んだだけだとも言った。

「もちろん、もちろんさ……次の働き口をさ、見つけてやって、紹介して、相手先に頭も下げて……」

「そうか……それは、つらかったな……」

そう返すと、川成が一度ゆっくり酔った視線を上げて、私の目を確かめていたが、ふと小さな笑いを漏らして浜の方を遠い目つきで見る。物書きを生業にしている個人事業主の男に、何が分かる、ということか。

枝豆の殻を入れたボウルに、一匹の小さなコバエがしきりに飛んでは、止まり、止まっては飛んでいる。手で払うと、テーブルの上に移り、すばやくジグザグに動いてはまたボウルに這い上がった。叩き潰すのも面倒で、目を上げると、川成の背後の稲村ケ崎の影が少し濃くなって、そのむこうにうっすら富士山のシルエットが浮かび始めていた。

ほら、見え始めたぞ、と言おうとした時に、川成がまたぼそりと口を開いた。

「……クビを、切られるのは……俺の方なんだよ、本来……」

「……」

「なんか、毎日……夢見て……。前田の爺さんとか……ああ、親父がやってる時から働いてくれてる爺さんな……。真面目で仕事一徹で……。経理の桜井のおばちゃんとか、配達の倉科とか……。みんな、笑ってんだよ、夢で。笑うなよ、怒れよ、と言うんだけどさ。……あれは、どういう笑いなんだろうな」

「……こんな時、なんだが、おまえがよく言ってた、高卒の女の子は？　一生懸命働いてくれる」

「ああ、彼女はまだ……若いから、動けるしな。……でも、この先、分からない。本人から辞めていくか」と、かすかに笑いを漏らす。

斜め後ろのボックスシートからいきなり歓声が上がり、目の端で見やると、シートの上で若い女の子たちが跳ねたように笑い、茶色の髪や水着の乳房を奔放に揺らしていた。

「一体、この国は……どこもかしこも、飢渇畠だな。よくもまあ、政治家どもは……」

「ケカチバタケ……？」

「え……？　知らんか、飢渇畠……。由比ガ浜通りとか、今小路のあたり……あの、六地蔵のあるあたり一帯、飢渇畠って言ってた。……そのあたりにも、処刑場があったらしいけどな」

昔日の人々はずいぶん露骨なネーミングをするものだと、感心したらいいのか。迷信や祟りを恐れていた時代のせいもあるだろうが、その人間の怨念さえ歯牙にもかけず、隠蔽やら改竄《かいざん》やら票集めやらに走る今の時代の無神経さが、祟りよりも恐ろしい惨劇を生む。

徳利を傾けて自らのぐい飲みに酒を注いでいると、川成がうつむき、急に前屈みになって低く呻き始めた。具合でも悪くなったのかと、焦って徳利をテーブルの上に置くと――。

「……げにゃ故郷は雲居のよそ～。千代もと契りし友人も～。変る世なれや、我ひ～とり……」

学生時代に能楽サークルに入ってから始めたという、観世流の謡を唸り始めたのだ。

「なんだよ、それは？」と聞いても、答えない。川成はシートの上で半身を酔いで前後させ姿勢を正そうとしながら、眉間の福黒子をよじらせて謡い続ける。皺の攣《つ》れたように寄った瞼をきつく閉じ、唇をねじ曲げて力を込めて声を絞り出していた。

海の家から流れるレゲエと混じってよく詞章が聞こえなかったが、「あら痛わしや盛久《もりひさ》の独言を仰せ候」と耳にかすかに入ってきた。

「盛久」……。

平家の軍将、主馬《しゅめ》判官盛久のことだ。

「斯《か》くてながらえ諸人《しょにん》に面を、曝《さら》さんよりも……」

源氏に捕われ、鎌倉に送られて来た平盛久は、由比ガ浜で斬首となる運命。

「……あっぱれ疾《と》う、斬られればやとの念願……」

鎌倉への途次、日頃から信仰していた京の清水寺で最後の祈りを捧げ、都から近江路、美濃尾張を経て、遠江駿河を過ぎ、鎌倉に下り着く。

「さてはや、叶《かな》いて候よ。……さて最期は、只今にて候か……」

覚悟を決めて刑の時を待つ間、盛久は観音経を読誦《どくじゅ》する。

「……或遭王難苦《わくそうおうなんく》、臨刑欲寿終《りんぎょうよくじゅじゅ》、念彼観音力《ねびかんのんりき》、刀尋段々壊《とおじんだんだんえ》……」

そして、刑戮《けいりく》までのつかの間、清水観音の霊夢を見るのだ。

「さて由比の汀に着きしかば……座敷を定め敷皮志かせ。はやはや直らせ給うべし……」

処刑地由比ガ浜に着いて、いざ盛久の首を刎ねんとする太刀が振り上げられた時、盛久の持つ御経から光が放たれ、介錯する侍の目を射て、刀が落ちてしまう。しかも、その太刀が真っ二つに折れてしまうのだ。

この不思議を聞いた源頼朝。盛久をまずは呼び寄せて、刑の前に見た霊夢とやらについて尋ねる。すると、一言一句、また見るもの、聞くもの、すべての仔細が頼朝の昨夜見た夢と同じことに驚き、盛久を赦し、宴を催す。盛久は男舞を舞って、御前を去るのである。

「……長居はおそれあり〜。長居は恐れありと〜罷《まか》り申し仕り……」

謡曲「盛久」の好きな部分を謡っているのだろう、川成のきばる赤い顔や額の静脈のふくらみを見ていて、お互い難儀な歳の取り方をしたな、と思う。

すでに川成の背後には、茜色の空に富士の山の影がくっきりと現れている。

「……大丈夫だよ……川成……」

「退出しける盛久が〜」

「赦してくれる……。すべては赦されている、って言うじゃないか……」

「心の中ぞゆゆしき……」

なんとか川成は持ちこたえるはずだ。持ちこたえなければ駄目だ。そう思いながら、暗くなり始めた由比ガ浜の骸や霊たちの影を眺めた。


秋の海風を受けながら、人もまばらな由比ガ浜の海を茫洋とした気分で眺め、背を向ける。一三四号を走るクルマの往来も夏とは違って、スムースに流れていて、クルマが途切れたところで横断した。

礼服のジャケットを片方の肩にかけ、鴉の何羽かが泣き騒いでいる海浜公園の脇道をとぼとぼとした足取りで和田塚の方に向かう。川成と時々飲んだ店の格子戸が見えてきたが、まだ暖簾もかかっていない時間だ。雨や潮風に晒されて白っぽくなった木枠の格子戸には、いつものように端が変色してめくれた「しらす丼あります」の貼り紙。川成屋酒店が昔から得意先の一つにしていた店だった。すでに、川成の突然の死については知っているだろう。

店での川成とのやり取りや楽しげな顔が脳裡をよぎって、腹の奥を搾られるような想いになる。すぐにも店から目をそらして足元を見つめながら歩いた。

まっすぐに続く細い道を辿り、江ノ電の和田塚駅の踏切を渡ってしばらく行くと、由比ガ浜通りに出る。右の方をなにげなく見やれば、緑色の幟がいくつか立っているのが見えた。

六地蔵……。

近づいていくと、「奉納　六地蔵尊」の幟が風に揺れて、地元の商店街の人が供えたのだろう、黄色や白の菊がまだ瑞々しく花立てにある。そして、赤い頭巾と前掛けをつけた、幼い子供ほどの大きさの地蔵が整然と六体佇んでいた。

可愛らしい面差しというよりも、少し澄ましたように笑みをたたえている。この辺り一帯の昔日の刑場で亡くなった霊たちや、現在の衆生を慰めているのだろう。

地獄、餓鬼、畜生、修羅、人間、天……生きている間の行いの善悪によって、その六道を巡るというが、川成は、何処の道を彷徨うことになるのか……。

この地を飢渇畠と呼んでいたのだと男は教えてくれたが、今はさらに飢渇畠は広がって、何処にいても、飢え、渇き、刑戮に晒されている気がする。

ふと、修羅を表す地蔵尊の前掛けが風で揺れた気がして、礼服のジャケットの袖に腕を通すと、静かに合掌した。

太刀洗^{たちあらい}

よせば良かった。

なぜ今年に限って、三が日のうちに初詣をすまそうなどと思ってしまったのだろう。快晴もあって、新型コロナの緩やかな第八波に気を許したということもあるだろうし、また、まったく埒《らち》が明かぬ独裁者の愚かな野望のさまに、こちらの燻《くすぶ》る気を祓いたい想いがあったとも言える。

ジャケットに厚手のマフラーを巻いただけの服装で、軽い気持ちのまま若宮大路まで出てきた。由比ガ浜通りから下馬を曲がった時点ではさほどでもないと思っていたのに、鎌倉駅近くに来て、すでに混雑に巻き込まれ、戻ろうとしても脇道に逃れようとしても、身動きができなくなった。

「ゆっくりとッ、ゆっくりとッ、進んで下さいッ」

交通規制されてクルマも通行止めになった若宮大路や段葛に、群衆の頭と肩がひしめき、澱んだ泥川の泡粒のように蠢《うごめ》いて、少しずつ前へと進んでは、また止まる。

「押さないでッ、危ないってッ」

「りんご飴、落ちたーッ」

「これさ、マジ、日が暮れんじゃね？」

駅のロータリーの混雑具合を見てすぐに引き返せばいいものを、いや、行けるか、と甘いことを考えてしまって、大群衆の沼にはまってしまっていた。誘導する制服警官たちの拡声器からの声や、地元か観光客かごった返しのあちこちからの笑い声やはしゃぎ声、幼子の泣き声、老人の怒鳴り声が飛び交う。

金糸の刺繡がほどこされた晴れ着の若い女の子もいれば、毛玉だらけのストールを頭からかぶった老婆や、きっちりと着こんだスーツにネクタイ姿の初老男、レンタル着物だろう、裾がつんつるてんの羽織姿の青年、江ノ電のプラレール玩具をぶらさげた幼児……。

「はいー、止まってくださいー。前方のロープが解除されてから、進んでくださいー」

「またかよ」と小さく唾棄《だき》する声があちこちで聞こえるが、それでもこの信じがたい数の群衆は、鶴岡八幡宮で初詣をやり遂げようと思っているのだ。人々の圧迫と人いきれで寒さなど足元くらいで、つけているマスクがあまりにうっとうしい。

箱根駅伝の往路も終わる頃だろうか。一〇七・五キロを五時間ちょいで走る若者らがいるかと思えば、五時間経っても二〇〇メートル先の神社に辿り着けない者らもいる。じっと目を固く閉じて立ち尽くしている間も、前後左右から揺り動かされ、正月早々自分は何をやっているのか、とマスクの内で奥歯を嚙み締めた。また視線を上げて人々の頭の波を眺めても、八幡宮境内の鳥居ははるか遠くで、溜息すら漏らす気力もない。

「破魔矢とか買ってく?」

「干支の木彫りのやつ、ウサギだから可愛いかも」

それでも年明けの縁起を担いで地元の神社に初詣に来ているのだ。奥歯をさらに嚙み締めては、爪先一〇センチ前に出る。止まる。押される。

前に立つ中年男性が着たジャケットのグレンチェックの柄を、自分は見たことがある、などとも思っている。半導体回路のようでもあり、遺伝子配列のようでもあり、ロスの街を上空から見たようでもあり……。いつこの柄を見て、そんなことを連想したのだったか、と記憶を探りながら、「なんだ、今じゃないか」と自ら呆れているのだ。

「はいーッ。ゆっくり、ゆっくりとッ、進んで下さいッ」

前のグレンチェックのジャケットとの距離を開けたくて、わざと遅れ気味に留まっていても、背後から押される。そのまま、少しずつ斜めに進んで、歩道の隅にでも移動できないか。土産物屋や店頭で肉まんを蒸している中華料理屋や大仏の柄が染め抜かれた手拭を暖簾にした小物屋など、立ち並ぶ店舗の庇《ひさし》の下まで行けば、それでも息がつけるだろう。そのまま脇道の路地に入り込めば、しめたものだ。そう思っても、斜め前にも後ろにも進む余地がない。もう八幡宮の境内の広がりに着くまで待って、源平池のあたりで東西どちらかへ逃げるしかないだろう。

「そこッ、危ないですよッ！　急がないッ！　ほら、そこッ！」

一段上がった段葛の桜の木の下から、警官が拡声器で声を荒らげては、ワイヤレスマイクのアンテナで群衆を差し示している。二か月ほど前に、韓国ソウルの梨泰院《イテウォン》での混雑転倒事故があったものだから、警官たちもかなり神経を尖らせているのだろう。群衆の動きが止まっては澱み、また一〇センチ前へ躙《にじ》るように進む。もはや腕組みをし、じっと俯いては、一〇センチ。また止まり、また進む。

それをどれほど繰り返したか、一時間も経った頃、目を再び上げてみる。かなり境内入口の鳥居が大きく見えてきて、太鼓橋のさらにむこうの舞殿も、人々の頭越しに見える距離に来た。遠く長い石段も群衆の頭と肩で鱗のようにしか見えないが、その上には朱塗りの神殿が控えている。

「境内が近づいたからと、焦らないでください。ゆっくりッ、ゆっくりッ、進んでください。はいー、規制ロープ、張られます。後ろの方々、押さないでくださいッ」

幼子のぐずる声、若者たちのナンパの失敗話、スマートフォンを必死に掲げてはしゃぐ声……。

「……宮柱ぁ……太しき立ててぇ、万代にぃぃ……今ぞ栄えむぅ、鎌倉の里ぉー……ってな。見えてきた、見えてきた」

後ろから抑揚をつけて歌う、しわがれた老いた声が聞こえてくる。この混雑に振り返るわけにもいかないが、むこうの社殿を見て源実朝の歌を口ずさんだ老人がいた。鶴岡八幡宮の太く堂々とした宮柱が神を守り、未来永劫にわたって鎌倉の里が栄えるだろう。そう詠った実朝は政に翻弄されたまま、二八歳の若さで死んでしまったが、そんな歌も作っていたのだ。

「あれ、なんて、書いてあるん？」

「……迎……春？　迎春、だね」

老人の口ずさんだ歌から、またなにげなく石段の方を見やる。

一三年前までは秋になるたびに、石段脇の大銀杏が目を瞠《みは》るような黄金色の葉をふんだんにあふれさせていたが、平成二二年の三月の夜中、強風で倒れてしまったのだ。

大樹の老木ゆえに内が弱って洞も抱えていたのだろう。一時期は実朝の悲しみが何かを伝えているのか、などと町のあちこちで言われ、酒の肴にもなったりした。そのうち倒木した大銀杏の根もとからひこばえが出て、育ち、またみるみる成長して少しは大きくなったが……。

「ねえ、実朝って、ほんとに兄の頼家が暗殺されたの、知らなかったと思う？」

「そんなんあるわけないだろう。あんなんドラマの上の話だろ」

石段脇の銀杏の陰に隠れていた、頼家の息子の公暁。当時はさほど大きくはなかっただろう銀杏の陰から飛び出して、叔父である実朝を討った。父頼家を殺された恨みとも、次期将軍の座を狙ったものとも言われているが、その背後には様々な画策があっただろう。人はほんの小さな讒言《ざんげん》でさえ、動揺し、恨み、争い、憎む。あまりに脆く、また厄介な生き物である人間の業は、昔日も今も変わらない。

「お、動き出した、動き出したで。次で三の鳥居、行けるんちゃうんか」

「あの石段まで着いたと思うたら、バッサリや」

「白い犬っ子が助けてくれんやろか」

「あかん、今年は卯年や。白兎や」

関西からやって来たのだろう、参詣客の冗談に周りの者たちまで苦笑する。太刀持ちだった北条義時は、境内で白い犬を見てにわかに体調を崩し、急きょ源仲章に代わってもらって命拾いしたというが、事実は分からない。

「はいーッ、進んでくださいーッ。少しずつーッ」

境内の広がりが近くなって逆に群衆は安心したのか、人との間に余裕ができた。今がチャンスだと、「すみません、すみません」と片手をかざしながら斜めに進み、列の人々に迷惑をかけながらもようやっと混雑した端へと移動できた。マフラーを緩め、マスクをつまんで隙間を作ると、生き返るほどの思いで、しばらく目の前にひしめく人々の澱んだ川を呆然と眺めていた。

「……こりゃ、だめだ。ここで勘弁させてもらおうか……」と、独り言を漏らしつつ、まだはるか先の石段の上、「迎春」と文字が掲げられた朱色の神殿を見やる。境内には恒例の甘酒やたこ焼き、名物のギンナンや焼きそば、バナナチョコなどの屋台が出ているのだろう、カーキ色のテントも並んで、そこにも列とは違う人だかりができていた。

神殿に軽く頭を下げて踵《きびす》を返すと、やはりそれでも人混みはいつもの休日の比ではなく、まともに真直ぐなど歩けない。右によけ、左によけ、店舗ビルの中を通って裏道に出て、さらに迂回してと、人通りの少しはまばらな路地を選んで歩いて行った。

路地裏にある飲み屋もスナックも三が日はいずれも閉まっていて、ひと息つく所もありそうにない。凸凹としたコンクリートの平板の細い路地を行き、まさか三が日に寿司屋はやっていないだろうと、なにげなく奥に視線を投げたら、紺色の暖簾が出ていた。


「いらっしゃ……、ああ、明けまして、おめでとうございますッ」

格子戸を開けると、白木のカウンターのむこうから人懐っこい顔がほころんでいる。恰幅《かっぷく》のいい身体にまっさらな白衣を着て柔和に目を細めていたが、短く整えた髪には白いものもかなり増えたか。

「いやー、まいった。人が、凄いよ」

まさか営業しているとは思ってもいなかった「たけ寿司」だったが、暖簾越しに覗いて客が他に一人しかいないというのにも驚いた。L字型のカウンターの一番奥に七〇歳過ぎの仏頂面をした男が座っていて、私は私で逆の一番端に腰かけた。

「もう歩けないほどでしょ」

「ここまで辿り着くのに、二時間だよぅ」

大げさでもなく言ってみたが、「たけ寿司」の大将は悪戯っぽく目尻に皺を寄せ、唇の片端を上げている。

「ネタは限られますけど、まずはビール？　お酒にしますか？」

「ビール」と答えると、奥に座っていた老いた客が、「ネタは去年の余りだからな」とわずかに据わった眼差しで言ってくる。

「またまた北村さんー、口が悪いからー」

大将が眉尻を下げながら声をかけると、北村という老人も肩をすくめて口角を広げると、ようやく銀歯を覗かせて笑った。

「まあな、ネタは新鮮だけがいいってもんじゃないからな。寝かせた方がな」

徳利を傾けながら誰ともなく声にして、また無愛想な渋い顔に戻って猪口をゆっくりと口元に近づけている。姿勢の良さと落ち着いた仕草に、何か茶道とか能楽でもやっているのか。口ぶりからして、「たけ寿司」の常連のようではあるが。

「コハダ……は、ある？」

「はい。……あと、ヒラメ、マグロ、中トロ、スルメイカ、ハマチとか、ありますんで。コハダは……握ります？」

うなずいて生ビールを一口やると、あの群衆の中で蒸されていたのか、鋭利な刃でも呑み込むかのようで、その冷たさに体が芯から蘇るようだった。歯の間から息を漏らしてカウンターの中の主を見ると、布巾のかかった寿司桶からほろほろと転がすように酢飯を取って、片手で調子を取っている。コハダを素早くのせると、わずかに背中を丸め、印でも結ぶような手つきで握って、こちらに差し込んでくる感じで目の前の皿に置く。

この寿司屋には以前まで一か月に一度は顔を出していたが、新型コロナの蔓延が始まって足が遠のいていたのだ。ネタも悪くないが、酢飯の具合が自分には合っていて、なにより店主のてきぱきと握る素早さが好きだった。

「正月から、たけ寿司さんで食えるとはなあ」

「で、初詣とかしてきたんですか」

「とてもとても。新年早々、途中で挫折。列から抜け出すのにも、もう地獄よ」

大将の嬉しげに笑う顔を見ながら、清々しい香りの立ったコハダを含み、嚙み締める。ほのかな酢の味で疲れが抜けていくようだ。

「……で、竹、さっきの、五3銀の話だけどな」

奥の老人がカウンターの内に向かって声をかける。大将は笑みの余韻を残しつつ、分厚いまな板を濡れ布巾で拭って、北村という男を見やった。

「俺は、坂巻さんの、あの妙手には感心していたんだよ」

「凄い手には違いないですよ」

「でも、一手空くんだ。田川君も、またなんで同飛車なんてするかなあ」

「いや、するでしょう」

どうやら二人は将棋の話をしているようだった。「たけ寿司」の主人が将棋好きで、十二所《じゅうにそ》だったか朝比奈だったかにある将棋センターに通っているというのは前に聞いたことがある。

――よく自分の差し方を、酸っぱい手だなあ、ってからかわれるんですよ。寿司ばかり握っているから、というだけじゃないんですよねえ……。

店の神棚の横には、「馬」という野太い文字が逆に刻まれた「左馬」の飾り駒が置かれてもいる。縁起物ということもあるだろうが、将棋好きの店主に仲間たちが開店祝いの時にでも贈ったのだろう。カウンターに座る北村老人も、同じ将棋センター仲間に違いない。

「あの二人は、いくら賭けてたんだっけか？　千円か？　二千円かな？」

北村の言葉に、大将がこちらを気にして、わずかに目の端で確かめてきたのが分かった。

「いやいや、どうぞ。勝負事は賭けないと、強くならないから」と、分かった風に応えて、またビールを傾けた。

「一万、らしいです」

「一万かッ。いや、それは、どちらもムキになるわけだ。ましてや、坂巻さんは、元奨励会員なんだろう？　メンツもあるかあ。……でもなあ、田川君もあれ、二3金で……」

マグロのサクに丁寧に入れていた柳刃包丁の手が止まって、大将が眉尻を下げながら、「北さん、だからぁ」と唇をゆがませた。もう何度も出た話なのだろうか、辟易した面持ちで柳刃包丁の手を止めて言うのを横から見ていて、一瞬物騒な気さえした。包丁とはいえ刃物というのは、その場の空気を映すものなのだろう。

「そのマグロは、俺の？」と、空気を変えたくて声をかけていた。

「ちょっと、そのまま刺身でちょうだい。薄い切りつけので」

「あ、はい」と大将はまたサクに刃を滑らかに入れていく。その俯いた横顔は無表情に見えるが、むしろまったく色を出さない面差しは調理の気構えというよりも、北村という老人に対してのものにも思えた。

店をちょっと離れた段葛や若宮大路、小町通りは、新年を寿ぐ人々であふれ返っているというのに、「たけ寿司」はＢＧＭなどもちろんなく、広いとはいえない静謐な店内で、二人の男が盤上の九×九の世界についてぼそぼそと話している。面白いとも言えるし、奇妙とも言えて、これは中々の年明けだと独り腹の底で笑いを噛み殺していた。

「……竹よぅ。さっきの、だからぁ、ってのは、何なんだ？」

しばらくむっつりしていた北村が、持っていた箸先を上下させながら口を開いてきた。今度は少し険のある声音で、見れば半眼のような細い目がさらに据わってもいた。

「いやいや、北さん、その話は、また」

「またじゃないだろう」

大将が苦笑しながら、ガリをつまんでこちらに寄ってくると、私の皿の端にのせてくれる。北村から見えないように半分顔をしかめて詫びてもいた。

「じゃ、大将、熱燗いこうかな。北雪、あったよね」

「はいよ、北雪ね」

「あと……、駅伝の往路は、何処でした？」

「いや、私は見てないなあ。北さん、駅伝見ましたか？」

大将が振り返ると、眉根に複雑な皺を寄せた北村が、「知らんよ」と短く言い放つ。

「俺は朝からセンターで差してきたって、言ってるだろうが。……なあ、竹なあ、どうもおかしいぞ。おまえも坂巻さんも、田川君も、他の者らもみんな……なんか俺にあるのか？　正月早々、無視を決められた気分だよ」

大将がさすがに両手を上下させて、声を落とすように示している。

「北さん、そんなことないですからぁ」

「おまえ、でも、おかしいじゃないか。誰も、俺と差そうとしない」

「うーん、でも……あえて言えばぁ、あれかなあ。俺と坂巻先生と田川さんの対局見て、北さん……、脇で笑ったという話じゃないですか。年末のー、あれかな……」

燗をつけながら大将は柔らかな声音で言っていたが、北村の半眼がにわかに剝いたようになって顔が上がった。皺の寄った口も半開きになっている。

「笑った？　俺がか？」

大将はまた柳刃包丁の柄を握ったが、切っ先はまな板につけたままだ。刃物を手にしながら喋るのは見た目にも不穏と、商売柄身に沁みているのだろう。すぐにも静かに柄を離して、北村に笑みを送ってなだめようとしているようだ。

「いや、北さんはそんなことする人じゃないよ、って言ったんですけどね」

「それ、誰が言ってたんだ？」

「いやぁ」

「確かに、五3銀には意表を突かれたが、あまりに児戯めいているとも思ったわな。さらに田川君が一手空くのに、同飛車と来た。あれはないと思ったが、俺は笑っちゃいないよ。誰がそんなこと言った？」

悪い所に酒が入ったのか、それとも元々酒癖が良くないのか、からみ調子になっている。アマチュアとはいえ将棋や囲碁が、やる人の自尊心にかなり響くのは、門外漢の自分にも分かる。「待った！」一つで大喧嘩にもなれば、負けて腹立ちまぎれに盤をひっくり返して、付き合いをなくす者もいる。対局している者同士でなくとも、脇から口を出すなどご法度もいいところで、まして笑うなど、将棋センター出禁レベルの話なのだろう。

「いやぁ、誰だったかな、センターの何人かが店に来て……」

「誰と誰だ？　ああ？　竹」

「覚えてないですよぅ。もう勘弁してくださいよ、他のお客さんもいらっしゃるんだからぁ」

大将がかすかに首を振って私のことを示していた。北村は「ああ？」と不満げに声を漏らし、顔をしかめたままこちらを一瞥したかと思うと、すぐにも視線を大将の方に戻した。

「……だけど、あれだぞ。もし、俺が笑ったの、口出ししたのと言うなら、この首、血溜まりにのせろよ」

血溜まり？

「ほら、また、北さんッ。お客さん、食事してんだから」

新年にしてはあまりに縁起の悪い言葉が飛び出したが、将棋盤の裏側の話は幼い頃に聞いたことがある。脇から口を出した者の首を刎ねて、ひっくり返した将棋盤の裏にある矩形の窪みに置いて、血を溜めたのだと。確か、「音受け」というのが一般の名称だったはず。元々は将棋盤のゆがみや罅《ひび》を防ぐために開けられた窪みだろうが。

出てきた燗の徳利を傾け、猪口に注ぐ。とろりと光が戯れるような猪口の中の酒を見るだけで気分が変わりそうなものだが、人の心の乱れた波紋をも思いつつまずは飲んだ。

「讒言、だな」

ふくよかな香りとともに、はらわたに沁みるように熱い酒が下りていく。

「そんなところで、ほくそ笑っても、やってられんよ」

ワサビをのせた赤身の縁にわずかに醤油をつける。

「なんで、俺が、人の対局見て、笑うか」

赤身を口に運んでは、猪口を傾けた。

「気分が悪い。帰るわ。会計ッ」

「はい、北村さん、七千円になります」

「七千円？　これでか？　まあ、いいか。……領収書！」と北村が紙幣をカウンターに叩き置いた。相当に腹に据えかねたらしい。それでも大将は顔色一つ変えず奥で領収書を書いて、「ありがとうございます」と渡している。

猪口を口にしながら見ていると、北村は何を思ったのか、受け取った領収書にじっと目を落としてから、皺の寄った唇をねじ曲げると、いきなりその場で領収書を破って丸めた。思わずこちらは口の中の酒を噴き出しそうになったが、大将はまったく動じない。北村は憮然とした面持ちのまま戸口の傍まで来ると、私に向かってか、ぼそりと言い残しもした。

「……銀杏の脇を通る時は、気をつけないとなあ……」

もちろん、大将にも聞こえただろう。実朝の暗殺のことを、自らと重ねたらしい。北村が店を出たのを見計らい、大将は苦笑混じりのしかめた顔で、「すみません、ほんとに……」と片合掌を宙にかざした。

「北村さん、何度も出禁にしたんですよぅ。なにしろ、酒癖が悪くて……」

「まあ、面白いと言えば面白い人だけど……寂しいんかなあ」

大将が目の端でこちらの表情を窺いながら、わずかにうなずいてもいる。大混雑した段葛から見た、八幡宮の石段の人々を思い出していると、大将がまな板に置いた柳刃包丁を静かに手に取る。水道の蛇口を開け、細い水が落ちる中に刃をかざす。そして、丁寧に左手の掌で包丁の刃を返しては何度も拭うようにして洗っている。

その伏せた眼差しや落ち着いた佇まいの中にも、何か想いを秘めているのを感じて、然もあらんと思いながら、また酒を一口含む。そして、水滴をきらめかせてはいるがかすかに曇った長い柳刃包丁を大将が布巾で拭った時、「違うッ」と胸中で唸った。

――北さんとやら。銀杏の脇、ではない。これは太刀洗だ。

上総国の大豪族にして、源頼朝の挙兵に加わり平家との戦いで功績を挙げた上総広常《かずさひろつね》。だが、謀反の企てを立てたという讒言によって、頼朝の命により侍所所司の梶原景時に首を刎ねられた武将だ。その太刀の血を洗った清水の流れる地が、太刀洗という名として鎌倉には残った。

誰の讒言か。義経の誅殺同様に梶原景時であったという説があるが、広常の場合はさらに哀れな話である。信用していたその景時と双六に興じていて、景時が厠に立った時も広常は双六盤に屈みこんで考えていた。戻った景時はその首を有無を言わさず即座に斬り落としたのだ。

「熱燗、もう一本……」

「……今の北村さんっていう人……ほんとに、笑ったんかね？」

朝比奈切通しの草葉が繁茂する岩壁に、細い竹の筧がかけてあり、そこからほとほとと流れる太刀洗水が脳裡をよぎる。三が日でごった返しになっている鎌倉の街だが、あの枯葉が敷き詰められた寂しい切通しを歩いている者など誰もいないだろう。

「……どう、なんですかねえ。そうは聞いてますけど」

「無意識に、ということもあるかな」

「……将棋の腕はいいんですけどねえ」

「大将も、相当強いんでしょ」

「いやー、私は……北さんの足元にも及ばない」

大将がわずかに真顔になって、短い視線を二度三度こちらに走らせてきた。

俺には他意はないぞ、と思いながらも口を噤《つぐ》んでまな板の上を見やる。置きっぱなしになった柳刃包丁の刃が鈍く光っているが、年季の入った柄の黒ずみがさらに底光りして見えた。

腹切やぐら

視野の端に靄《もや》のようなものが擦過する。

ふと顔を上げれば、谷戸《やと》に入った横須賀線の車窓に満開の桜が次々によぎっていた。北鎌倉駅に近づいて減速する電車は、切通しや山のあちこちに糜爛《びらん》のように咲き乱れる桜の花々を目に留まらせる。枝垂《しだ》れ、重なり、雪崩れる桜が狂乱のさまで、春で朧なこちらの頭をさらに茫洋と煙らせるようだ。

長いホームに入り始めて、線路脇のこぢんまりした民家や板塀が間近に迫り、視線を外す。ウクライナ侵攻を特集した雑誌やUVカットの化粧品などの中吊り広告が一様に傾き始め、停車するブレーキの重さがボックスシートに座る体にも溜まる。

アナウンスもベルも流さない北鎌倉駅のホームは、車両の扉が開いたと同時に何処かから鶯の声が聞こえてきたりしてのどかそのものだ。何人かの乗客が降りると、続いてホームで冗談話にでも興じていたのか、張り上げていた声をにわかに落として、男子高校生たちが車内に乗り込んできた。

私の座るボックスシートの後ろにも、二人ばかり腰かけたようだ。最後尾に乗る車掌のホイッスルとともに扉が閉まると、また横須賀線はゆっくりと窓の景色を動かし始めた。

「……でさあ、さっきの続き。ニシムラのユーチューブのさ」

「それな。付箋の貼り方、だろ？　知らねえし」

「なあ。でも、高評価、３００超えてんじゃね？」

円覚寺の石段脇にも満開の桜が枝を広げていて、観光客がこぞって一心にスマートフォンを向けている。

「おれなんて、付箋、こんな感じよ、ほら」

「うわッ、何それッ！」

後ろで笑い声が上がる。

車両の右側の車窓をなにげなく見やると、緑色の藻でどろんとした白鷺池《びゃくろち》の水面に春の日差しが揺れていて、そこにも桜の枝先が垂れて影を作っているようだった。小さな踏切の警報機の音が谺《こだま》し、縒《よ》れて、またよぎっていく。

「そういえば、おまえ、夢見てる時、夢って分かる？」

「はにゃ？」

「ほら、夢見ながら、今、夢見ているなあ、っていう」

まだ紫陽花の季節にはかなり早いが、明月院へと続く小径にも多くの観光客のそぞろ歩く姿が見える。径沿いの細い明月川にも薄ピンク色のソメイヨシノの靄があちこちにわだかまって、車窓からは近景にも遠景にも思えるのだ。春の陽気で朦朧としている頭には、むこうの川辺の桜の蔭に佇んでいる自分が、目の前を走る横須賀線にいる自分を見て、目で追っているような錯覚さえ起きる。後ろから聞こえる高校生たちの他愛ない話も、近いような遠いような甘美なささめごとに感じた。

「それって、ちっとヘラってんじゃね？」

「いや、おれ、子どもの頃から」

「おれ、全然だわ。夢マジ現実っぽい」

精進料理の店の裏を走り、鎌倉街道を横切る踏切を通過して山壁に挟まれるようにして横須賀線は傾きながら進む。

「……昨日もさ、ニシムラのヤツとアキピーとさ、なんか体育用具室でＪＡＸＡの半導体チップを探してんだけど……」

「ＪＡＸＡって、Ｈ３かよッ」

「そのＪＡＸＡ。もう秒読みの段階なんよ。で、ニシムラのやつがバスケのボールとかに例の付箋とか貼ってて、ざけんなよッておれキレて、そしたら杉下右京が飛び箱の中から出てきて、それはいけませんねえ、って……」

「おまえ、アタオカか」

「もう発射まで間に合わないって、アキピーとパニくるんだけど、そっか、これ夢だわ、って思って、別にいいかって」

突然闇の中に入って、電車はトンネルに轟音を響かせる。車窓に映る自分の顔は明らかにマスクの上の目が笑っていた。背後の若者二人の会話が能天気で愛しくなる。こちらは自分の見た夢の話など、人に話さなくなってもう久しい。

「明晰夢ってやつだろ、それ」

「だからー」

「おまえ、じゃあ、夢って分かってるんだったら、ある意味、やりたい放題じゃね？　アキピーとデキたじゃん」

「は？」

「だって、何したって夢って分かってんだから、全部許されるじゃん」

腹の底の方から小さな笑いの泡粒が浮かんでくる。

「……いや、それは、夢って分かったとしても……モラル、っつうかさ」

若者の「モラル」という言葉にとうとう噴き出してしまい、マスクを膨らませた。トンネル内の響きのせいで、自分の笑い声は後ろの高校生には聞こえなかったはず。と思ったところで、また明るい春の光が横須賀線の中に満ちて、緑が繁茂した切通しに出た。

「おれ、一度もないなあ、明晰夢……」

開けた谷戸のあちこちに桜花の靄がたなびいている。車窓に差し込む日差しの影はゆっくりと傾き、シートを舐めていく。窓枠についていた肘や腕や、薄くなり始めた頭や肩を、温かな日差しが覆い包むようで、目を閉じればすぐにも午睡に入りそうだ。首元から自らの体のにおいが濃く立つのさえ感じる。

「夢もまんまリアルなんだよなあ……」

ああ、俺もだよ……、と胸中でぼんやり返事をしていて、マスクの内で口元を緩めていた。

明晰夢なるものなど見たことがないよ、マジで。とてつもなく奇怪な人々が出てきたり、この世ではまずありえない状況に出くわしていても、紛れもない現実として生きて、もがいて、喚いて……。現世の方がどうやってもはるかに難儀にもかかわらず、ご丁寧にもすべて色つきの夢で悪戦苦闘しているのだからおめでたいよな。

「でも、それって、しんどくね？」

……しんどいよ。俺には何度も見る奇妙な夢がある。もう今はゴルフをしなくなったが、ティーショットで中々ティーの位置が決まらず、延々日が暮れるまでティーをグラウンドに刺してはアドレスをし続けるという夢だ。後ろは何十組も溜まり、大勢の人々から非難囂々《ごうごう》だよ。

「ええい、ままよ」とついに打ったドライバーショットは、なぜかトイレットペーパーのロールを打っていて、紙をべらべらとなびかせたロールがＯＢの森に入っていくんだよ。どう？凄くね？

「逆に、明晰夢も、なんか、メンヘラっぽい感じ？」

あるいは、熱が出た時など、はるか三〇年も前の仕事が夢に出て来て、どう割付しても……うん？　割付か？　レイアウトのことだよ。新聞のレイアウト。見出しや文字のポイントを工夫しても記事がすべて収まらず、どうしてもはみ出てしまう。しまいには、見出しも題字もない、広告もない、ただ文字だけの吐き気を催すような紙面になるのだ。

「まあ、やろうと思えば、けっこう闇系にも、鬼畜系にもなれるしなあ」

「だから、アキピーとさあ。……俺の夢では、まず無理っぽい。ひよるわ」

高校生たちの夢の話で盛り上がる若さを羨ましく思いつつも、自分まで春の暖かな日差しと電車の心地よい揺れに朧になりながら、胸の内で会話に加わっていた。

陽炎の淡い影が燃えるように渦巻いているボックスシートから、また車窓の外に目をやると、扇ガ谷の切通しのあたりを通過していた。岩船地蔵堂が小さく見えて、頼朝の娘、大姫の守本尊が祀られている堂の石段に、ビニール傘をさした老婆がまた座っているのではないかと探そうとしている。

許嫁の木曾義高に逢いたいと願った大姫の悲しみを憑依《ひょうい》させているのか、それとも老耄《ろうもう》ゆえの夢なのか、老婆は自らを大姫と思い込んで、未だに鎌倉の街を彷徨い歩いているようだが……。老いて見る夢こそ、明晰夢に近づくのかも知れず、いや、この現《うつつ》こそ夢だと自覚するのだろう。

高校生たちの可愛らしい夢物語を盗み聞きしていて、こちらまで楽しい気分になっていたが、自分には冗談でもとても人に言えないような夢を見たことがあった。しかも還暦を過ぎてからのことだ。

私はその時、夢の中で何歳だったのか。

感覚としては五〇歳を越えていた気がするが、一緒にいた一歳違いの兄の顔がまだ四〇代にも見えた。多くの友人や知人、賛同してくれる会社から資金を出してもらって、私は兄と映画を撮っているらしいのだ。薄暗いが目元に青年のような光をわずかに宿した兄は、いつも米軍の放出品のコートを羽織っていて、爪を時々嚙む癖があった。ヨレヨレになった脚本を読む時、モニターから俳優陣の演技を確かめる時の、俯いて爪を嚙む兄の横顔しか自分は見ていない。というよりも、私は今まで兄の顔をまともに見たこともないではないか、とも思う。なぜなら、私には現実には兄などいなかったからだ。

だが、俺の兄貴なのか、兄貴と映画を作っているのかと、撮影を進めていたのだ。細かい所まではよく覚えていないが、現代物で何やら政権を転覆するために工作している男が追われている話だったように思う。もうすぐクランクアップという時に、物語の上での問題が明らかになったのか、俳優陣との齟齬《そご》だったのか、あるいは、映画の世界にはよくある資金が尽きたという話だったのか、何しろ制作を頓挫せざるをえない状況に陥ったのだ。

頭を下げて済む問題でもなく、借金を返せばいいという話でもない。何かとてつもなく重大な局面と対峙しているらしい。その時になって初めて、鎌倉の源氏山か化粧坂《けわい》あたりで撮影していたことが分かったのだが、それは兄が「もう駄目だ。逃げるしかない」と唐突に走り出した山径が、馴染みのある鎌倉の景色だったからだ。

坂道を下って逃げる兄を私は慌てて追いかけて、カーキ色の軍用コートの襟首を引っ摑んだ。「逃げても無駄だ！」だの、「卑怯者！」だのと叫びながら、長身だが痩せて華奢な兄を引きずり、草むらの中に座らせた。目を上げれば、坂道に繁る樹木の間から岩肌を露出させた切通しが見えもした。

「じゃ、おまえ、一体、どうするつもりなんだ？」と兄が瘦せた顔を震わせながら言う。その横顔が切迫していて、事の重大性にあらためて気づかされた。

「もう逃げられない。……死んで、お詫びするしかない」

自らの口から出た時代がかった言葉に、嘘はなかった。本気でそんな馬鹿げたことを思っている。草むらの中で跪《ひざまず》いていると、人の姿は見えないが、大勢の影が忍び寄ってくる気配を覚えた。その圧してくる気には無数の怨念みたいなものが混じっていて、我々に覆い被さってくるようなのだ。

「馬鹿言ってんじゃねえよ。俺は嫌だッ！」と兄が叫び、「諦めろッ！」と私が怒鳴る。

そして、私はなぜか膝元にあった脇差の鞘を抜いて、きらめく刃をいきなり兄の首元に当て、思いきり引いた。まだ若さを残した首元にぱっかりと口が開いたかと思うと、夥《おびただ》しい鮮血が一気に噴き出し、自らの顔を温かく濡らした。すぐさま自分も正坐を整えて、着ていた服をたくし上げ、腹を探った。左の脇腹に脇差の先が触れるチクリとした痛みを覚えつつ、そのままフンッと強く息を吐き出して力任せに刃先を迎えた。そこで目を覚ましたのだ。

夢の中の兄は自分の分身であったか、他人であったか。その兄を殺めたり、あるいは自分が殺められたりするのは、夢でも現実でもまだ理解できる。目覚めて茫然としたまま思ったのは、俺はこんなことで切腹してしまう人間なのか、ということだった。あまりに馬鹿馬鹿しい夢には違いないが、夢ではなく現実だと信じ込んでいる鈍い男である。刃を腹に差し込んで目を覚まし、しばらくの間、形も重さも知ることのできない自らの命が、掌の上にブツの感触を持って乗っている感じだった。何よりも人の命が大事だと信じていたにもかかわらず、命はひょっとしてさほど尊いものではないのかも知れないと思ってしまったのだ。絶対に口に出して人になぞ言えないことだが、そんな罰当たりさ加減が最も自分自身を絶望させた。

「歳、取るとな、何か余生の下り坂で、自分の命の総量みたいなものを漠然と感じられるもんかも知れんよ。この掌の上に乗っかるほどのもので、一個二個と数えられるような……」

マスクの内で唸るように言葉にしていて、後ろの若者たちの明朗な気を探る。

「おまえたちは、生きろ。なあ。明晰夢は見ることができても、自分の背中を如実に見るようになるのは、まだまだ先だから……」

そんなことを思っていても、俺などいざとなったら、一番に逃げ出すのではないか。きっとそうに違いない。いや、そうありたいと苦い想いで念じていると、鎌倉駅ホームに入り始めた電車が減速する。

「また、明日な」

背後の高校生たちが交わす挨拶を聞きながら、自分も短い嗚咽のような声を上げてボックスシートから立ち上がった。電車がかけたブレーキによろめいて、シートの角に膝を打ちつけている自分がいる。


観光客でごった返しの駅前から小町通り、桜並木の段葛《だんかずら》を横断して、仕事場に向かおうとしていて、私はそこを通過している。さらに狭い路地に入って古い民家の板塀の連なりに沿いながら歩いた。塀の上に桜の花枝があふれている家もあれば、低い石垣に薄紫色の芝桜をひしめかせている古民家カフェもある。幕府跡を示す石碑。またそこを右に曲がる。

自分は物好きにも行こうとしているのだろうか。横須賀線車内で聞いた高校生たちの話から、自らが見た罰当たりな夢を思い起こしたゆえか。

「……やばくね？」

胸中で呟いた若者言葉に苦笑しながらも、まだ細い路地を進んで小町大路に出ていた。歩いて来た路地は二人横並びするのもやっとの狭さで、バイクすら通らなかったが、小町大路はクルマの抜け道となっている。八幡宮側からも海側からも、さほど広くない道を窮屈そうに行き来していた。

徐行しているクルマの間を横切って、また細い路地に入る。民家の屋根のむこうに黒く低い山の影がうずくまっていて、樹々の緑ではなく何かが蝟集《いしゅう》して盛り上がっているようにも見えた。その小山へと少し勾配のある坂を上っていけば、地元の者たちでもめったに近づかないやぐらが、ひっそりと山裾の奥で息を潜めているのだ。

そこへと至る坂道は夥しい血糊が絶えることなく濡れ光り、下を流れる滑川《なめりがわ》を赤く染め続けたらしい。元弘三年（一三三三）の東勝寺合戦。新田義貞軍に追い詰められた鎌倉幕府第一四代執権北条高時はじめ一族郎党が菩提寺の東勝《とうしょう》寺に火をかけ自刃し、その首やら腹から流れた血が川を染めたという。

——相模入道千余騎にて葛西谷《かさいがやつ》に引き籠り給ひければ、諸大将の兵どもは東勝寺に充満たり。これはここにて兵どもに防ぎ矢射させて、心静かに自害せんためなり。誠にゆゆしくぞ見えし。されればこれまで付き随ふ物は、死を一途にぞしける。

『太平記』にはそう記されているが、確か、高時腹切やぐら近くに立った石碑には、「八百七十餘人ト共ニ自刃ス」とあったように記憶している。シダや蔦《つた》、イワタバコなどが群生して垂れ下がったそのやぐらも、今はそこまでの狭い石段にロープが張られて入れなくなっているはずだ。

いつ行っても、鬱蒼と樹々が覆いかぶさるように生い茂り、来る者を拒むような薄暗さと湿った瘴気《しょうき》に軽い眩暈《めまい》を覚えてしまうその先に、腹切やぐらはある。現世の時間とは違う異様な刻の澱が沈み続けて、磁場が狂っていると言えばいいのか。霊気に鈍感な者であっても、一歩その地に踏み入れたと同時に、風もないのに周りの樹々が立ち騒ぎ、揺れ、そして、恐ろしいほどにぴたりと鎮まる気配に背筋が凍るというものだ。これが毎度毎度必ずなのだ。静まりの底で立ち尽くしていると、樹々の幹や葉陰、岩陰、頭上の枝々の隙間などから、じっとこちらを窺う夥しい数の眼差しを感じないわけにはいかない。合掌もせずに戻ろうとすれば、何処から集まってきたのか、コバエか羽虫がわんわんとまとわりついてきて、いやでも累々と重なった屍に群れていた昔日の虫たちと同じに思える。

「霊処浄域につき参拝以外の立入を禁　宝戒寺」の標札が立っているにもかかわらず、心霊スポットだのと冷やかし半分で訪れる者たちが時々いるようだが、鎌倉の地元に住む者らにとっては恐ろしくて、よほどのことでもなければ近づかない。と言いながら、この自分は一歩一歩と導かれるままに向かっているのだ。

「……掌を合わせて……謝らないと、な……」

自分の何処からそんな言葉が出て来たのか分からず、マスクに独り言をこもらせてもいる。歳を取ってもはや自力で生きていられるなどありえぬ話だというのに、不遜でくだらぬ夢を見て鬱々とした己れが情けない。他力に支えられている有難さが、ようやく骨身に沁みる歳になったのか。

腹切やぐらがある黒々とした小山に目をやると、空に流れるまばらな雲のせいで、日の光が森の面を照らしたり、翳らせたりしている。海風に煽られる雲の速さのせいで、複雑に集まった瘤のような森の影が蠢《うごめ》いて見えた。

「……鬼神は……黒雲鉄火を降らしつつ……」

何の謡の一節だったか。「田村」か。ふと浮かんだ詞章を口にしながら、小山の面が波立つのを見据える。

「数千騎に身を変じて山の……ごとくに見えたる所に……」

鎌倉幕府最後の北条一族と家臣らが東勝寺に集まり、群がりが山を作る。蟻や蜂などの蠢く様を想い起こし、生きとし生けるものの切迫に思わず溜息が漏れもした。

「あれを見よ……不思議やな。あれを……」

滑川にかかる東勝寺橋の欄干が見えてくる。あんなに小さな橋だったか、と思いながら歩いていくが、道幅とむこうの小山の大きさや地面を走る雲の影のせいで遠近感が狂ったようで、中々橋が近づいてこない。周りの民家や生垣は視野の脇を過ぎていくのに、東勝寺橋だけがむしろ遠のいていく感じなのだ。

うん？　以前にも同じことを同じ場所で想ったのではないか、と記憶を探るうちにも、いわゆるデジャビュだと気づく。それとも、高時一門の霊たちが、物好きにも腹切やぐらを訪ねようとする男を拒んでいるのであろうか。

と、いきなり、後ろからけたたましいエンジン音を上げて、原付バイクがすぐ横をかすめて、左右にローリングしたかと思うと角を曲がっていく。

「危ねえなッ！」

反射的に声を上げていて、思いのほかその声が一帯に響くのを感じた。

危ない……？

自らの命の重さが掌に乗る程度と諦観した自分が片腹痛い。腰やら足の関節の疼《うず》きに顔をしかめ、年金事務所からのあまりに安い支払い予定額の通知に舌打ちし、バイクがかすめただけで怒鳴り声を上げている還暦過ぎの男がいるのだ。

苦さに唇をゆがめながら橋の方に目をやると、欄干の傍に一人の老いた男の人影があって、じっとこちらの方を見ているようだった。さきほどの自分の上げた大袈裟な声が聞こえでもしたか。老人は東勝寺橋から滑川の春の景色を眺めていたのだろう。緑が深く、渓流ともいえるような滑川の風情は、はるか昔から変わっていない。それこそ北条一門の血を流した当時のままかも知れない。

ようやく橋に近づいていくと、欄干脇に佇んでいた老人はまだ同じように私を凝視していた。いや、凝視というよりも、威圧するように睨んでいる眼差しなのだ。

……？

薄いグレーのスウェットの上下に、季節外れの茶色のブルゾンを羽織って、足元はサンダル。真っ白になった薄いざんばら髪の下で、えぐり抜くような眼差しでこちらを睨み、口元の幾重もの皺に力を込めていた。八五、六歳だろうか。筋の浮いた細い首を突き出して、じっと立ち尽くしている姿に、おそらく認知症を患っているのだろうと、私はさりげなく視線を外した。

少し距離を取って行こうとする私を、老人の視線が粘るように追ってくる。もう一度老翁に目をやると、獰猛にも思える白い眉の下から、さらに覗き込むような眼差しで射抜いてきた。何かこちらの胸奥を見透かされているようで、気持ちのいいものではない。いささか憮然としつつも、私はそのまま歩を進めようとした。この東勝寺橋を渡れば、すぐ坂道になり、腹切やぐらへと至る。だが……何がどうなったのか、足が、自分の足が動かないのだ。

え!?

老人を素早く見やると、まだ同じ険悪な面差しのまま睨んでいる。奥まった眼窩の底の、葡萄の実のような瞳と出くわして、誰かに似ている、と思った。北鎌倉駅前の酒房「椿」にいる老先輩の一人か？　それとも数年前に亡くなった母親か？　昔に見た日本映画の俳優の誰かか……？

記憶の尻尾を追いながらも、老人に向かって私の口は思ってもみなかった言葉を発していた。

「あんた、一体、俺に……何をしたんです？」

老耄の境にいる者にとっては、むしろ通じるような気がしたのだ。こちらが考えるよりも、橋掛かりの奥の西方浄土の言葉にも、此岸の言葉にも、はるかに精通していて、だからこそ現世の認知の度合いを超え、病と言われてしまうのだろう？

「高時のやぐらから……下りてきたのですか？」

老翁は何も答えず、首を突き出して、じっと私の目の底を見入っているだけだ。また空を走る雲の加減で、辺りが翳ったり、照らされたりする。一歩進もうとしても、やはり老翁のせいで足が言うことを聞かない。

と、ゆっくりと老人は体の向きを変えて、滑川の方を見やった。静かに伏せるようにした目に、浅瀬に流れる水の光が反射して濡れ光る。そして、節くれだった指を皺の刻まれた顔のあたりにやると、形のいびつな爪を噛んだ。

「……あッ」

思わず小さな声を上げてしまう。老翁がこちらをゆっくり振り向いた。そして、眼窩の奥の目を剝いたと思うと、皺ばんだ口を開き、鉄漿《かね》でも染み込んだような黒い歯を覗かせた。

「この、戯けッ！」

いきなり老翁の口から発せられた大きな罵声に、私は腰が引けて、尻もちをつきそうになった。にじるように後じさったちょうどその時、背後の方から子どもらしき甲高い声が響いて聞こえてきた。

「あ、いたいた！　あんなとこ！」

「おじいちゃん、いたあ！」

二人の幼い男の子たちがこれ以上ないほど嬉しげに、満面の笑みで駆けて来るのが見えた。よほどに嬉しいのだろう。ブレイクダンスでも踊っているかのように手足をくねくねと奇妙な動きで揺らしながら走ってくる。

そうか、この老翁はやはり認知症を患っていて徘徊していたわけだな、とこちらも半ばほっとするというものだ。見つかって、いや、発見されて良かったじゃないか。

「おじいちゃん、こんなとこで、なにしてんのー」

子ども二人は一心に駆け寄ってきたかと思うと、いきなり私の方の両腕を摑んで揺すった。

「ねえねえ」

!?

「違うッ」と声を上げようとして体がピクリと震えた。顔を上げると、制帽を被った小学生が二人、ボックスシートの脇から私の顔を覗き込んで腕を小突いていた。

「……しゅうてんだよう。くりはまー」

「……え？　……ああ。ああ、そうか……」

　ぼんやりした目で車窓の外を見回せば、鎌倉駅をとうに乗り過ごしていて、閑散とした久里浜駅ホームが春の日差しを湛《たた》えていた。

化粧坂
けわいざか

強い西日に眉根をしかめながら、額の汗を拭う。睫毛にまで染みた汗のせいで、目の中で虹色に光が散乱するほどだ。

逗子《ずし》行きの横須賀線電車の轟音を右に聞き、寿福寺山門の前を通って、左へとゆるやかに曲がる道を歩く。夕方になって鎌倉駅に向かう観光客が海蔵寺や源氏山の方から三々五々下りてくるが、ずいぶんと海外の人が多く、中国語やイタリア語が飛び交っている。まるで異国の村の道を行くようでもある。

それにしても、この暑さ……。ハンカチで拭っても拭っても汗が滲み出てきて、ぎらついた西日は容赦なく顔面に直射してくる。もう少しすれば、山の端に太陽も隠れるはずだが、と吐息混じりに顎を突き出し、わずかに上がる勾配に重い足を一歩一歩進めた。

「すみませんッ……すみませんッ」

何処からか唐突に男児らしき声が聞こえてきて、自らの足元から顔を上げる。

「あの……」

声の主を探して見回せば、細い道路脇に設置された自動販売機の前で立ち尽くしている少年がいた。エンジェルスの赤い野球帽をかぶり、一〇歳くらいであろうか、迷彩柄のTシャツに小さなリュックをかついで、手には紙幣を一枚持っているようだ。

私に声をかけているのか？　と眉間を開いて見やると、少年はいたいけな首元を伸ばして、自動販売機の前で小さく頭を下げてくる。そうか、ちょうど周りは外国人観光客が何人か歩いていて、言葉が通じないと思ったのだろう。そんな時に、夕方の蒸し暑さに顎を突き出した、地元の初老男を見つけたというわけだ。

「うん？　どうした？」

少年はスニーカーを履いた足元を揃え、わずかに地団駄を踏むようにしたかと思うと、両手で持った千円札を胸に抱えている。

「……あの……水を買おうと、思ったんですが、お金が……千円札が、戻ってきて、入らないんです」

少年に近づくと、野球帽の庇《ひさし》の下から、利発そうな眉と見開いた大きな瞳が見上げてくる。

小さな鼻の頭がツルンと光って、ウブな唇がまた何か言おうとしていた。

「ああ、千円札がね」と自動販売機を見ると、陳列された飲み物のサンプルや札の受け入れ口などのプラスチックも陽に白く灼けて、かなり古い機械と見える。ただ、「当たりでもう一本」のくじ付きのライトが点滅しているのだから、壊れているわけではなさそうだ。

「もう一回入れてみて」

私の声に少年は札の受け入れ口に、握っていた千円札の端を差し入れる。だみ声のような機械音がして紙幣が飲み込まれたかと思うと、すぐにも札は戻って舌を伸ばしてきた。

「何度やっても、だめ、なんです」

また少年は地団駄を小さく踏むようにして、淡い眉間に力を込めた。よほど喉が渇いているのか、切迫したような視線を私と販売機のサンプルの間を往復させている。この暑さの中、一日じゅう鎌倉を歩き回っていたのだろう。子どもは大人よりも、はるかに熱中症になりやすい。

「ああ、これ、たぶん、自販機の中におつりがないんだよ。だからお札が入らないんだね。何？　どれがいい？　喉が渇いているんでしょ」

「あ、いえ……でも、あの……」

「遠慮しないでいいから」と、ズボンのポケットから小銭を幾枚か取り出した。

「あの……ぼく、じゃなくて、お父さんが、あっちで、なんか熱中症っぽくなって、座り込んでしまって……。それで、水を買ってきてって、言われたんです」

「え？　お父さんが？　それは大変だ。急いだ方がいいな」

こちらまで慌てて小銭を自動販売機に入れ、取りあえず水とスポーツ飲料のペットボトルを求めた。

自分自身ではなく、暑気にやられた父親のために必死になって水を探していたというわけか。けなげな少年ではないか。だが、今はのんびりと感心しているわけにもいかない。この季節、観光地鎌倉をサイレンけたたましく走る救急車は、ほとんどが熱中症患者の搬送と聞く。暑さにくわえて、鎌倉の山に繁茂する緑のせいで湿気が半端ではない。宙で手を握れば、そのまま拳の端から水分が滴るのではないかと思うほどの湿度なのだ。

「じゃあ、これ、お父さんに持って行ってあげて」

冷えたペットボトルを渡すと、少年はまたしっかりとした眼差しを向けてきて言うのだ。

「それは……、それは、困ります。お金、お父さんが、細かいの、持っていると思います。一緒に来てください」

「いや、いいよ。いくらでもないから」

「困ります」

小学四、五年生くらいの子どもに、「困ります」ときっぱりと言われたのが、なんとも照れ臭く、また新鮮で、ちょっと胸の内で嬉しくなっているところに、手まで引かれてしまう始末である。少年は二本のペットボトルを胸に抱え、もう一方の手で私の手を引いたのだ。ペットボトルを摑んだ手の冷えと濡れがわずかに残った小さな柔らかな手で、見も知らぬ初老男の手を握るとは……。このご時世で、こんなことがあるのか、と心の内を温かくしながら、少年の引くままついていく。

「君は何処から来たの？　東京？」

「いえ……新潟……新潟の佐渡島です」

「新潟⁉」

「……え？」

「私は、新潟市の出身だよ。いつも浜辺から佐渡島を見て育った。佐渡にも何度も行ってる」

「え？　ほんとですか！」

佐渡へのジェットフォイルの話。能を大成した世阿弥ゆかりの正法寺《しょうぼう》というお寺の話。大谷翔平選手のホームランの話。お父さんもすごい野球の選手だった話。ナガモの味噌汁や蟹の話。

テレビでやった鎌倉殿の話……。

緩い坂道を二人で息を切らせて上りながらも、少年の不安を煽らないようにあえて他愛ない話をしてみる。夏休みの旅行で父子二人で鎌倉に遊びにきたと言い、母親は佐渡の赤玉石などを売っている土産店のバイトで忙しいらしく、来られなかったとも聞いた。

帽子の庇の影で、睫毛が上に跳ねた聡明そうな瞳が可愛らしいが、またすぐにも父親のことが気になって、真剣で不安げな眼差しを道の先にやる。少年の視線の先に目を細めれば、緩い坂道から一気に壁が立ちはだかるような急勾配が見えた。

……化粧坂、か……。

鎌倉七切通しの一つで、源氏山へと続く観光スポットで有名な坂だが、私にはとても軽い気持ちで訪れようとは思えない所だ。歪《いびつ》に棚状になって続く岩の段は、はるか昔から人々の夥しい往来で摩耗し、鞣《なめ》され、鈍い光沢に沈んでいる。たえずじわじわと岩や土から染み出る水は、昔日に流れた血とも言われて、乾くことがない。所々隆起した岩瘤には苔筵《こけむしろ》が覆い、巨大な節足動物を思わせるシダが揺れ動いているのだ。

「あの坂の、途中なんです」

からまり合う蛸《たこ》の足のような巨木の根は岩や土からの絞り水に濡れ、坂に被さるように影を落とす枝葉の群がりは瘴気を醸して黴臭い。何より、天文学的に踏み込まれた岩の段々に、異様な口を開けて浮かび上がる窪みの数々……。

「化粧、坂だね」

新田義貞の鎌倉攻めの時に激戦地となった坂には、首実検のために化粧が施された武将らの首がいくつも並んだという。だから、化粧坂。あるいは、遊女らが昔住んでいたからという説もあるらしい。

この地に住んで初めて化粧坂を歩いた時、まだ名前も由来も知らなかったというのに、全身の血が引くような気持ち悪さを覚え、その時に不意に確信めいた感じで思ったことがあったのだ。

——俺は、昔、ここで、人を殺したことがある……。

何故そんなことを思ったのか分からない。唐突に浮かび上がった馬鹿な妄想ではあったが、血の奥にある記憶のようなものがボソリと呟いたのだ。それ以来、なんとも恐ろしくなって立ち寄ろうともしなかった。

「あ、お父さん！」

少年が私の手を離し、ペットボトルを抱えながら上り坂を駆けていく。見ると、すでに夕闇が兆し始めた化粧坂の岩の段々に、うずくまるように腰かけている男の姿があった。両膝に肘をついてうなだれていた男の顔がゆっくり上がる。子どもの姿を認めて、わずかに片手を上げたように見えた。

「お父さん！　大丈夫⁉」

少年の甲高い声が源氏山の谷戸に響いて、黒く凝《こご》り始めた樹々の葉群れがいっせいに震えたかに思える。そして、父親の腰を下ろしている場所を見て、私は一瞬息を呑んだ。岩の段をえぐるような歪んだ窪みや丸い瘤のひしめきが、乱雑に積み重なる髑髏《どくろ》の眼窩や口の穴のように見えたのだ。阿鼻叫喚の五百羅漢が岩の中に埋まって、声なき声を上げているかの光景の只中に、少年の父親は腰を下ろしていた。

坂の下で立ち止まっていると、忘れていた汗がようやく噴き出てくる。すでにぎらついていた西日は山に隠れ、まして化粧坂に生い茂る樹々はいち早く夕刻の薄闇を呼び込んで少しは涼しいはずなのに、額や首元、背中に汗が伝う。ハンカチで拭っても汗が噴き出てきて、そのうちやぶ蚊がまとわりつき始めた。

腕で払い、ハンカチを振り、掌で扇いでも、執拗に蚊は細い音を立てて、耳元をかすめたり、腕に吸いついてきたりする。そのまま失礼した方が無難だと思って化粧坂を見上げると、ペットボトルを傾けていた父親が、体勢を崩しながらやおら立ち上がって声をかけてきた。

「……このたびは……ほんとに。……すみません。息子がお世話になりまして……」

歳は四〇歳過ぎぐらいだろうか。細い面に長めの髪を垂らし、それを掻き上げながらも頭を下げ、また垂れた髪を掻き上げる。岩の瘤や段に足元がおぼつかなく、バランスを取った拍子にペットボトルから水を零して、また尻もちをついた。

「いやいや、大丈夫ですか、お父さんッ」

こちらも踵を返すわけにもいかず、急勾配の窪みに足をかけて、一歩二歩と上り始めた。すると、少年が素早く左右にホップしながら下りてきて、私に華奢な手を差し出してきて、また も引いてくれたのである。

「いやあ、ありがとう」

髑髏の口に右の爪先を入れ、羅漢の鎖骨に左の踵《かかと》をのせる。踏ん張る。上る。時間に埋もれた夥しい死者の重なりの上に、今があるのを嫌でも感じる化粧坂だ。冷たく汗ばんだ柔らかな子どもの手は、何か当たり前に生きている自らの不遜さや罪から救ってくれるかのようだ。

「水、助かりました。……なんか、この坂を上り始めたら、急に眩暈《めまい》がして……」

少年の父親が薄い唇の片端を上げて、照れたように息を漏らして笑った。この化粧坂の段に腰かけているうちに、少しは楽になったのか。また一口水を呷《あお》って、大きく息を吐いている。

「鎌倉は湿度が凄いから、熱中症に……それに、この蚊はまたッ」と、寄って来た蚊を慌てて腕で払うと、父子して笑って、防虫スプレーを差し出してきた。

スプレーを腕などに噴霧させてもらいつつ、私はポロシャツを着た父親の首元に何げなく目をやった。まだ若さの残る首筋や胸元を見て、これから少年のためにさらに仕事に励んでいくのだろうと思うと、妙な切なさと清々しさを覚える。そんなことを考えてしまう自らは、やはりいつのまにか老いてしまっていたのだ。

「お子さんからうかがいましたが、佐渡からと？　私、新潟ですよ。新潟市の漁師町。いつも佐渡島を眺めて育った」

「え？　これはまた……奇遇、です。新潟出身の方と、この鎌倉で……」

「佐渡のどのあたりですか？　両津？　それとも小木の方？」

「いやー」と父親ははにかむようにして口元を歪める。

「言っても分からないほどの、田舎も田舎で……」

「阿仏坊《あぶつぼう》という所です。真野《まの》が近いです」

きっぱりと声を上げたのは、少年の方である。見開いた眼で私をまっすぐに見据え、また腰かけている父親に視線を送る。父親も同じように優しげな睫毛の影の内で微笑んでいた。

「真野……ですか。……思いきや、雲の上をば、余所に見て……」

父親の方がちらりと視線を上げて、小さくうなずいて見せる。佐渡の人たちは誰でも知っている歌なのだろう。

——思いきや雲の上をば余所に見て
真野の入江に朽果てむとは
承久の変で佐渡に流された順徳院の辞世の歌。都を想い続けながら、自ら佐渡の地で死を選んでしまった悲痛さは、いまだ佐渡の人々の心に様々な模様を描いて響いているのかも知れない。

「その順徳院さんに、都からついて来た人がいて……」

そう言ってきたのは、またも少年の方である。きりりとした眉の根に力をこめて、瞬きもせずに必死に話そうとする。

「北面の武士で……遠藤ためもり、という人なんです。順徳院さんが死んでから、流されて来た日蓮さんの弟子になって、みょうせんじ、というお寺を建てたんです。その近くがぼくたちの家」

矢継ぎ早に話す息子の口ぶりに、父親の方が苦笑して申し訳なさそうな表情を浮かべて私を見る。

「学校の『佐渡の歴史』という時間で、習ったばかりのようで……。順徳院に仕えていたその遠藤為盛という武士が、佐渡に流刑となった日蓮の弟子になって、阿仏房日得《にっとく》上人となり、妙宣寺を建てたと……。その近くです。もう周りは杉林と田んぼだけで……」

「妙宣寺って、五重塔があるお寺じゃないですか？」

「あ、それ！」

少年の声がすでに夕まぐれとなった化粧坂の谷戸を震わせる。もう坂の上からも下からも人の歩いてくる影すらもない。坂を覆う樹木の影がさらに濃くなって、所々幹の間や草むらに靄の塊さえさまよう時間帯になった。

「行ったこと、ありますよ」

新潟県でも唯一の五重塔が残っている古刹である。杉林の合間から漆黒の五重塔のシルエットが覗いていた記憶が蘇る。けっして大きな塔ではないが、佐渡の山間に、澄んだように屹立《きつりつ》する優美な姿が印象的だった。

「近くに、大膳《だいぜん》神社？　という、能舞台のある神社がありましたよね。鏡板に日輪が描かれている……」

「そこ！　わあ、すごい！」

少年が嬉しそうに目を輝かせて、父親を見、私を見る。鎌倉の化粧坂という中世の名残をとどめた辺鄙な地で、佐渡と新潟出身の人間が偶然にも出会ったのだから。

「ああ、大変、お礼が遅れてしまいました。自販機でお金まで出していただいて……」

父親がチノパンのポケットから財布を取り出そうとするのを、慌てて制した。

「いや、そんなそんな。これも何かのご縁ですよ」

「でも、それも……」

「今度は、私が佐渡に行った時に、出会ったりする気がします」

父親は申し訳なさそうに財布をしまい、小さな声を上げて岩の上に立ち上がった。

「もう大丈夫です。御心配おかけして……。暑さには強いはずなんですが」

「これから鎌倉駅ですか？」

「……いえ、この上の葛原岡《くずはらがおか》神社にお参りしてから……。それが目的だったのに、こんなことになり、情けないです……」

少年は感心にも父親のズボンの尻を見て、ついた朽葉を払っている。こんな親孝行というか、父子仲良くしている姿は、この時代には珍しいくらいだ。

「本当にお世話になりました。じゃ、また、佐渡、でですね」

父親が頭を下げると、少年も野球帽を取ってお辞儀をする。こちらまで恐縮してしまい、首を突き出し、「お気をつけて」と口に出すくらいだった。

化粧坂の窪みの影は薄暗がりのせいで奇妙な形で連なり、ひしめく骸の上を這う大蛇や巨大な蛭《ひる》に変わっていた。二人は互いを気遣いながら一歩一歩凸凹の急勾配を踏みしめて上っていく。

その後ろ姿をぼんやりと眺めていて、息子が幼かった頃によく鎌倉の山中を手をつないで散歩したのを思い出す。この能のない父親が息子のスーパーヒーローでいられたのは、小学生の一、二年くらいまでだったか。今はすでに家庭を持ち、仕事に忙しくしているらしいが、それが自分にとっては何よりもの親孝行に思える。

坂の途中でまた二人が振り返った。暗がりの内に靄までたなびいて、それに紛れるようにぼんやりとした二つの影が頭を下げている。

ああ、そういうこの俺は、何一つ親孝行らしきものをしなかったな……。

そんなことをひっそり化粧坂の只中で思っている自分がいる。呆れた笑いが小さく一つ漏れてしまうが、自分とよく似た親父の姿や笑顔をまだはっきりと覚えてはいる。酒の酔い方もまったく同じで、生前母親が私の酔眼やろれつの回らぬ口ぶりに苦笑していたことも。

まだ私が高校生の時に、父は突然心筋梗塞で逝った。朝には、いつものように「行ってくる」と出かけたのに、昼に偶然家に寄って飯を食っている時に倒れた。深酒と仕事での忙殺にやられたのだと思う。救急搬送された病院で処置を施していた医師らに死亡を告知され、その後、洗面所の鏡を覗き込んだ自分がいまだに忘れられない。あまりの突然の出来事と実感のない悲しみに、硝酸銀が爛《ただ》れている薄汚れた鏡に向かって、自分は呟いてみたのだ。

――……こんな時、人は……自分は、笑うことが、できるのだろうか。

頬のこけた青ざめた顔は硝酸銀の斑点で汚れていて、醜かった。そして、その醜い顔の、色の悪い口元が無理にも笑みを作ったのだ。自分は驚きと絶望でその人間とも思えぬ顔を指差して、さらに笑った。その時に漏らした掠れ声も忘れられない。

――おまえは……絶対に、ろくな人間にはならない。

現実にある人の生き死ににもかかわらず、まだ何処かに逃げ道や余地があるに違いない、と思っていた未熟な若さ……。

そんなものは何処にもない。ないのだった。それを知るまで途方もない回り道をして、今、この化粧坂に佇んでいるのだ。

起伏の激しい坂の上の夕闇に、二人の影が霞んで朧に消え入りそうになっている。また二つの溶けあった影が頭を下げたかのようにも見えた。

——葛原岡神社にお参りしてから……。

闇がこれからさらに濃くなって、あの一帯は外灯すら頼りなく、足元さえ覚束なくなるというのに、旅の者に帰り道など分かるだろうか。

葛原岡神社の小さな本殿への短い参道が思い出されて、昔一度だけお参りした時に感じた奇妙な出来事が蘇ってきた。参道を歩いてすぐにも本殿の社に着けそうなのに、歩いても歩いても社が遠ざかる気がして、なかなか辿り着けなかった。一歩近づくたびに、社が遠のいていったのだ。周りの濃い樹々の影は迫るように迎え入れるのだが、社が小さく収斂して逃げていく。錯覚を起こして遠近法でも狂ったのか、と思って、私は断念して途中で一礼して帰ってきたのだ。

思えば、私は社に拒まれたのだ。葛原岡神社といえば、元弘の変で鎌倉幕府討幕の謀《ぼう》に加わった罪で処刑された、日野俊基《としもと》を祀っていることで知られる神社である。しかも、この化粧坂の上で斬首されたのだ。鎌倉に住む者がのうのうと物見遊山で訪ねたのを、俊基卿がお怒りにでもなった、の、か……。

——秋を待たで葛原岡に消える身の
　露のうらみや世に残るらむ

日野俊基の辞世の句がふと脳裡をよぎった時……。

「ああッ！」

身体の底から自らのものとも思えぬ叫び声を上げていて、私はまた坂の上を見上げた。すでに二人の親子の影はなく、さらに濃くなった樹木の闇のむこうで星がいくつか瞬いているだけだ。

「あの親子はッ……」

阿仏房日得上人が開いた佐渡の妙宣寺には、日野俊基と同族の、日野資朝《すけとも》の墓があったではないか！

後醍醐天皇とともに、北条氏討幕計画を企み、その側近である資朝と俊基が捕らえられた正中の変（一三二四）。資朝はその時に佐渡遠流となったが、俊基は証拠が不充分となって許された。だが、それから七年後の元弘の変で、再び討幕の謀議に加わったかどで、俊基は六波羅探題に捕らわれ鎌倉に護送。この葛原岡で処刑された。同時に、佐渡に流されていた資朝も処刑されたのだ。その墓が妙宣寺にある。

「……何故、俺は、そんなことも……」

暗がりの化粧坂の窪みに足をかけようとして、スニーカーを滑らせる。手をつこうとした岩肌には、眼窩や口を歪めて泣き叫ぶ髑髏の数々が蠢いている気がして、足を踏ん張り、なんとか持ちこたえた。

「ならば……あの少年は……」

幼いわりに凛とした、父親想いの少年の瞳に、今になって貫かれるかのようだ。

親の資朝が佐渡で処刑されると聞いた息子、阿新丸《くまわかまる》は、母親の説得にも耳を貸さず佐渡へと渡る。父に会わせてくださいと訴えたが、当の父親資朝が息子に危害が及ぶのを恐れ、「さような子などおらぬ。知らぬ」と主張して会えずじまいだったのだ。そのまま、資朝は佐渡の本間山城入道の命によって斬首されることになる。阿新丸はその時、歳もまだ一三であったか。

——たとい命な失うとも。討たでは叶ひ候まじ。

阿新丸は自らの命を顧みず、敵を討とうと妙宣寺にあった雑太《さわだ》城に忍び込む。本間山城入道を狙ったが、その時には不在。だが、父の首を落とした太刀取りの本間三郎なる男を刺し殺し、逃げたのだ。その時に隠れたという松が、まだ妙宣寺の境内に残っているはず。

その阿新丸の逃亡を助けたのが、山伏の大膳坊である。この大膳坊も後に処刑されたと聞くが、その魂を祀っているのが妙宣寺近くの大膳神社……。

能の「檀風《だんぷう》」にもなっている話を、なぜ自分は忘れていたのか……。

いや、あの親子二人が思い出させなかったのだ。人の背景にある悲しみにもつらさにも無頓着に、同じ新潟出身、佐渡から来たという二人に偶然会って、能天気に喜んでいた自分を、相手ではない、と二人が許してくれたのであろうか。

そして、私ははるか、四六、七年前に死んでしまった親父を思い出し、自らの罪深い行いと言葉を今になって反芻している。化粧坂の闇の中で、うなだれて力なく溜息を漏らした。あの親子は、葛原岡神社と同族の日野俊基の墓を参って、鎌倉の闇に消え入ってしまったのではないか。

岩の窪みにかけようとしていた足を外す。青臭く噎《む》せるほどの夜の草いきれが、化粧坂の上から吹いてきた涼しい夜風に払われる。

目を伏せて手を合わせるばかりだった。

付録

文学における土地の力

対談

藤沢 周×佐藤洋二郎

（2023年7月6日　鳥影社東京事務所にて）

佐藤洋二郎　藤沢さん、お久しぶりです。

藤沢周　お久しぶりです。どうもありがとうございます。

佐藤　鎌倉に住んでどのくらいになりますか。

藤沢　もう三十年くらいになりますかね。

佐藤　そんなになりますか。

藤沢　はい。故郷の新潟に住んでいたよりも長くなりました。僕は二十歳までいましたから。

佐藤　じゃあ、僕らが知り合う前から鎌倉に？

藤沢　そんなことはないです。僕が鎌倉に引っ越すと言ったら、佐藤さんが「鎌倉なんてやめとけよ、あんな地価の高い所。千葉へ来い」とおっしゃったのをよく覚えています（笑）。

鎌倉の文学者たち

佐藤　今はあまり鎌倉文士とか言わないけれど、鎌倉文士は今も多いじゃないですか。昔は馬込とか、田端とか、阿佐ヶ谷に文士村がありましたけれど、今はもうそういうところはなくて、残っているのは鎌倉だけですよね。

藤沢　そうですね。久米正雄、川端康成、小林秀雄、里見弴などの鎌倉文士が一緒になって、鎌倉ペンクラブをつくりましたが、その歴史を顕彰して今は第二次鎌倉ペンクラブとなって存続、十数年になりますかね。年配の実力派文学者の方々が圧倒的に多いですが。

佐藤　富岡幸一郎さんが入れるよと言ってくれたけど「千葉からそんなに遠い所、行かないよ」と断って（笑）。彼は今、鎌倉文学館の館長をやっているのでしょう？

藤沢　はい。やられていましたが、今回、お辞めになったのではないでしょうか。大規模修繕で四年間の休館中のようです。富岡さんはたくさんの良い企画展をやられていました。

佐藤　一年半ぐらい前かな、鎌倉文学館へ行きましたけどね。

藤沢　あの建物は三島由紀夫の『豊饒の海』の『春の雪』にも出てきますね。旧前田侯爵家別邸。

佐藤　鎌倉の小説家について話していきたいと思いますが、そういえば岡松和夫さんも鎌倉におられましたね。

藤沢　そうですね。

佐藤　最近の方では藤沢さんとか富岡さんとか新保祐司さんとか。

藤沢　高橋源一郎さんとか、大道珠貴さん、詩人の城戸朱理さん。ほかにも大勢いらっしゃいます。柳美里さんもいらっしゃったのですが、今は福島に移りましたので。

佐藤　城戸さんは、お元気？

藤沢　お元気ですよ。数日後に一緒に取材で、京都に行くことになっています。

佐藤　鎌倉文士は、田端、馬込、大森の山王より住んでいるエリアが広いですよね。

藤沢　かなり広がっているので、会合とか何かイベントがないと一緒に集まることがないですね。ただ、偶然、飲み屋さんで一緒になるということはあります。

佐藤　昼間、北鎌倉の「侘助」で、飲んでいるんだなと思って。

藤沢周氏

藤沢　はい（笑）。鎌倉小町通りに「奈可川」という飲み屋さんもあるのですが、これは昔、小林秀雄や永井龍男、立原正秋がよく通っていた店らしくて。立原正秋がガラガラと店の扉を開けて「いる？」と聞くらしいんです。すると、おかみさんが「いるわよ」と言って。要するに小林秀雄がいる。「じゃあ帰るわ」と言って帰ったという話を聞いたことがあります。

佐藤　二〜三軒連れていってもらったことがあるなあ。しかし、鎌倉はいいですね。

藤沢　環境がいいというか、絨毯爆撃のような空襲は免れていますので自然とか、神社、お寺が結構残っていて。

佐藤　建長寺だったかな、葛西善蔵のお墓があって行ったことがあるけど。

藤沢　浄智寺は島木健作、澁澤龍彦とかいろいろ。お墓ではないですが、中原中也が住んでいた寿福寺とか。

佐藤　たまに行きますね。

藤沢　佐藤さんはいろいろなところをよく歩かれているから。素敵な趣味だと思います。趣味なのか業なのか分からないけど（笑）。だから佐藤さんの小説は、デビューのころから土地に根差した人間というか、そういうものが多くて。時代ですから、もちろん流行も加味しておられますけれども、もっと地べたから生きている人間の生き死にみたいなところで、土地というのはすごく大きいのだろうというのは思っていて。最新作の『Y字橋』も。

佐藤　僕は基本的に風土が人間をつくると思い込んでいるから、自分が生まれ育った福岡や島根、今の千葉がほとんど作品の背景になる。東京も少し書いたし、ぶらぶら歩いた所もちょっと書きましたが、大半は福岡、島根、千葉。

藤沢　そうですよね。

最終回を迎える「鎌倉幽世八景」

佐藤　今回、藤沢さんは「鎌倉幽世八景」で鎌倉の各地を舞台にして八編をお書きになっています。いろいろな人が鎌倉に住んでいますけど、鎌倉の土地そのもので作品を書いた人は誰かいたかなあと思って。

藤沢　意外に少ないんですよね。

佐藤洋二郎氏

佐藤　住んでいる人はたくさんおられて、歴史小説なんかはいっぱいあるけれども、現代作家で鎌倉そのものを書いた人、いたかなあと。

藤沢　自分の中のライフワークとして禅仏教があるのですが、鎌倉は日本における禅宗の発祥の地と言ってもいいぐらいですし、古刹がたくさんあります。そういう意味では僕にとってはありがたく、いい土地ですけど。

　たとえば新築の家を建てるときに必ず土地調査が入ります。それは遺構の研究のためにいったん掘るのですが、そうすると、もちろん昔の建築のかまどなどが出てきたり、人骨も必ず出ます。それは昔の武士《もののふ》たちの戦跡か何かで、鎌倉という名前が、屍《かばね》の蔵だから鎌倉だというようなことさえ言われるくらいですから、ある種、昔から生き死に、屍《しかばね》というか死者の重なりの上に成り立っている。その死者たちの声に耳を澄ますのは大事なことだと思い、現代と中世の鎌倉を往還するような作品に挑戦してみたんですけれども。

　昔の歴史上の人物などが出てきますが、舞台は現代です。現代の主人公が、たとえば精神を病んでいる人に昔の武将や姫の姿を見い出したり、あるいは飲み屋で会った客の昔の物語を聞いているうちにワープしていったり。人間の生老病死というのは現代であれ何であれ、あまり根本に変わりなく、本当に悲しく切ない何かをみんなが抱えている、そういうものを出したいなと思ったのもありまして。

佐藤　なかなかいいですね。歴史というのは時代の地層ですから、当然、鎌倉は大きな戦争そのものはあまりないけれど、いっぱい争いがあったし、そういうものは残っているのだろうなと。

　僕も若いころに浅草の寿町でビルの工事をやりましたが、掘ると地形が違うんですよね。大きな船を繋ぐような船着場の石があったりして、昔の地形がみんな埋まってしまっているから仕事も大赤字になったわけです。杭が入っていかないから「何だろう?」と思って掘ると、先ほどのお話と同じように人骨とか石がいっぱい出てきて、見えないところのほうが重要なのだなあと。そういう意味では鎌倉はずっと歴史があるものね。

藤沢　だからまさに、佐藤さんが最近書かれた『偽りだらけ歴史の闇』。正史ではなくて稗史とか人々の心の中に残っている物語のほうに実は真実があって、そういうところに地層の奥にあるものと通じるところがあるのですね。

佐藤　僕たちは今、教科書で中国四千年とか言っているではないですか。あれは漢民族が言っているだけで、基本的に漢民族はあまり中国を支配していないんだよね。明とか秦とか三~四つの時代でしか支配していないんだけど。あとはみんなモンゴルや満州。

藤沢　女真族ですね。

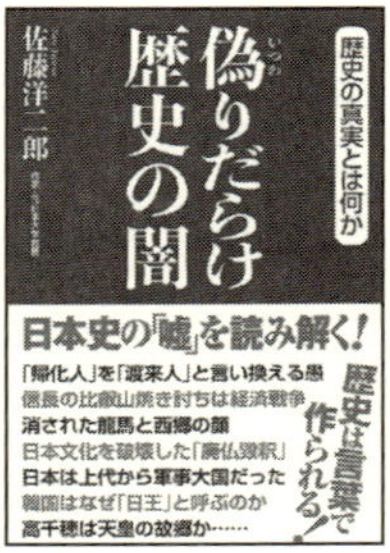

『偽りだらけ歴史の闇』
（ワック）

佐藤　満州女真族。それを教科書は全部中国にしてしまっているから、そんなことないんだけどなと。モンゴルが天下を取ったり、女真族が天下を取ったりすると、当然、書物は書き換える。そういう意味では日本のほうがずっと天皇を中心にしてあまり政権が代わっていないから、日本の歴史のほうが正しいのではないかと最近僕は思いだしたんですけど。間違っているかもしれないけど（笑）。

故郷・新潟と佐渡、世阿弥、親鸞、坂口安吾

佐藤　この「鎌倉幽世八景」もいいし、この前の佐渡の小説『世阿弥最後の花』も良かったですね。

藤沢　ありがとうございます。

佐藤　別のところでも喋りましたが、いいところへ入っていっているなと思います。

藤沢　自分が生まれ育ったのは新潟県新潟市の漁師町です。江戸時代の一時期まで、越後平野はとにかく洪水が多くて米どころではなかったので、私の生まれ故郷の町に人の手で山を崩して新川を造りました。その工事現場に『東海道中膝栗毛』の十返舎一九が取材に来て、新川掘削の図などという、絵や文書まで残っています。漁師町だから海が近くて、いつも佐渡島が見えるので、子どものときからしょっちゅう行っていました。佐渡はレジャーで行っても、子どもながらに、あの地へ降りると何か厳粛な思いになるというか、結界をまたいだような感じがあって。ましてや佐渡島は『万葉集』の時代から思想犯が流されたり、宗教に関する人が流されたり、そういう歴史がありますから、当然、鎌倉も中世の政治の中心地でしたから、つながりがあって。

佐藤　日蓮もそうだし、北一輝もそうでしょう。

『世阿弥最後の花』
（河出書房新社）

藤沢　必ず北一輝のお墓をお参りしています。

佐藤　近いからね。佐渡は昔だったら遠島じゃないですか。僕は日蓮とか親鸞とか一遍上人ゆかりの土地を結構歩きましたけど、親鸞は大正時代までいなかったのではないかと言われていたわけでしょう。

藤沢　そうなんですか。

佐藤　妻の恵信尼から娘の覚信尼へ送った十通の手紙が大正十年に発見されて、やはり実在したということになったようです。越後へ流されたというけれど、昔の越後は流刑地ではないという学者もいます。だから本当に流されたのかなと思って調べていますが、あの人は不思議な人で、越後高田から信州の善光寺へ行って茨城の笠間に行ったという記録が残っていますが、笠間に行ったのはなぜか。調べてみると、今は田舎だけど、当時、鹿島や香取のあたりは海があるからものすごく栄えていたらしく、佐渡も北前船などですごく栄えていたようですね。

藤沢　佐渡は北前船のハブ（拠点）そのものですね。

佐藤　僕は年を取ってきたからもういいけど、いつ死ぬと分かっていれば生き方も変わる。あと何年生きられると分かれば仕事とか生き方も変わるけれど、明日死ぬか十年もつか分からないもんね。五十、六十を過ぎたら、だいたいそうなってくる。最近、逆に死ぬときが決まっていたほうがいいなと思うようになりました。明日死ぬかも分からないから何もできないような気がして。

藤沢　自分も六十過ぎてから余生を考えるようになって、そんなことを飲み屋さんで言うと先輩たちに「何言ってんだ」と怒られるけど、あと残り少ない人生をどうするかなと思って。書き続けるのか、あるいは生まれ故郷に帰るのか。

佐藤　僕もそうですよ。

藤沢　やはり考えますか？　生まれ故郷の福岡と育った島根、どちらですか。

佐藤　島根は今でも付き合いがあって、一昨日も電話が来たり。島根にはよく戻るけれども。

藤沢　福岡は何歳までですか。

佐藤　十二歳。毎年、夏、冬は帰ったりして、今でも福岡もよく行くけど、ぶらぶらして飲んだり、神社を回ったり。古さの中に新しさがあると思っているから、なるべく古いものを見る。新しいのは、ただ新しいだけでしょう。先ほど藤沢さんがおっしゃったように、歴史というか時間の堆積がない、思想がないじゃないですか。だからアメリカに行くなら東南アジアに行く。要するに、文化とか歴史があるから。アメリカはたった二百年ぐらいだし、文化とか歴史がないから、全く行かないかな。一回ちょっと通ったぐらいで。それなら東南アジアとか、韓国、中国、ヨーロッパのほうがいいなと僕は思っているけど。

藤沢　実際、土地もそうですし、読むものも古典のほうが面白くなってしまって、古典のほうが新しいのではないか、それで世阿弥になったんです。世阿弥の能芸論や謡曲を読んでみると、本当に人間の善悪正邪が全部書かれていて、昔の人のほうがよほど感受性が敏感で芸術的にも高いのではないかというくらいです。

佐藤　それはそうですよ。今はテレビとか何でも目から入ってくるから考えなくなる。昔の人はぼんやりいろいろ考えていたのではないですか。僕らだって、あまり考えないでしょう。

藤沢　ましてや今はChatGPTですから。みんな、あんなのに頼って、よく平気だと思って。恐ろしい時代になりましたよね。

佐藤　そのうち人間がＡＩに使われるんじゃないの？　代理戦争をやるんじゃない？

藤沢　ほんと、そうですよね。

佐藤　人間が人間でなくなる方向にみんな突き進んでいっているから、あんなのでいいのかなあ。ＡＩでどうなってしまうんだろう。

藤沢　僕らはコロナが流行る前に大学を辞めたし、ChatGPTが出る前に辞められて良かった。あんなのレポートで使われたりしたらうんざりですよね。

佐藤　こんなことはお世話になった大学に言いにくいけど、物書きが大学の教員をやったらまずいのではないかと。そういう気持ち、なかった？

藤沢　はい。常に思っていました。

佐藤　僕はそれが高じて、もう限界だなと思って。同じだと思うけど。例えば新潟の大先輩で坂口安吾がいるじゃない。僕はああいう生き方がいいなあと。

坂口安吾は藤沢さんのほうが詳しいだろうけど、世の中であぶれた人間が大学の教壇に立って道徳的なことをしゃべっていいのかと。いつも偽善じゃないかなと。

藤沢　自分でも思いながらしゃべっていました（笑）。坂口安吾の文章、書いているものは、われわれ新潟の人間からすると、お年寄りというか、おじいちゃんがしゃべっているような感じなんですよ。安吾は、おじいちゃんが何度も同じことを言って「ああ、分かったよ、じいちゃん」というような感じの話しぶりなんです。結局、新潟という土地が実学主義なんです。安吾も文脈を無視するし、流行も無視するし、本当に面白いものとか人間に役に立つものだけでいいという感じで。「法隆寺よりもバラックでけっこうだ」となる（笑）。文化はあまり育たないんですけど、だからそういう意味で、お年寄りたちに、そんなことをやって面白いのか、飯食えるのか、って怒られるような、その延長にあるなと思って。だから、われわれにとってはあまりにも親し過ぎて。

佐藤　以前の対談でも話したのですが、安吾は伊東とかあちこちに行くでしょう。昔の作家は、あちこち移動しているではないですか。散歩がてらに伊東競輪に行くと書いてあって、こういう生活がいいなあと思って。僕もいつもぶらぶらしているから、昔だったら家族、奥さんと一緒にこうやってぶらぶらできるのもいいなあと思って。実際、川端さんだってはじめ馬込にいて鎌倉に移ったりしているでしょう。志賀直哉だって、あちこち行っているし、あの人も一時、鎌倉にいたでしょう。

藤沢　芥川龍之介も鎌倉にずっといたんですよ。鎌倉から東京に戻ってしまったのが一生の後悔という文章が残っていて、鎌倉を離れなかったら、ひょっとしたら禅仏教か何かに救われたかもしれないかなと思ったりして。

佐藤　鎌倉はいいところだから人気があるよね。

藤沢　今、観光客がすごいですよ。外国にいるみたいです。休みでもないのに、バスに乗ると、ほとんどが外国人ですから。日本人も当然多いですけど。昨年の「鎌倉殿の13人」という大河ドラマの影響もあるのかもしれませんけど、めちゃくちゃ多いですね。

言葉の力とその影響

佐藤　日本はずっと天皇がいるから仕方ないけど、北条氏はもっと評価されたほうがいいと思うんだよね。例えば蒙古襲来のときも別に天皇が何かやったわけではなく、鎌倉武士、北条氏が音頭を取ったわけでしょう。ところが今、歴史ではみんな、神風が吹いたと言っている。神風は伊勢のところに吹く風のことだけれど、それにすり替えていいのかなと僕は思っている。天皇が頑張って追っ払ったみたいな。言葉一つ変えると、ものの見方も変わるではないですか。だから「神風が吹いた」という言葉で北条氏が小さく片付けられているのはまずいのではないかなと思う。全国の武士が戦って追い払ったわけだから、あれを神風と言っていいのかという思いが僕の中にある。

藤沢　言葉というのは恐ろしいですね。いくらでも内容を変えられる、色を変えられるというか、それこそ、『偽りだらけ歴史の闇』にもありましたが、無惨な戦死を玉砕と言い換えたり、散華と言ったり。僕も知覧特攻平和会館へ行って、立っていられないぐらい号泣してしまって。本当に、あんな若い人たちが……あれはつらかったですね。

佐藤　だから敗戦の間際まで、日本人は神風が来るという、その呪縛で縛られて特攻とかいっぱいやって、めちゃくちゃになったわけでしょう。日本には必ず神風が吹くと天皇も信用しているし、東條もみんな信用しているわけです。それで僕たちは悲惨な目に遭った。信州の信《しん》と神の神《しん》が言葉が同じだから長野に一〇キロぐらい地下道を掘ったりして松代大本営を造ったりしたわけでしょう。僕たちが戦後思っている以上に戦前は言霊思想に支配されていたわけです。渡来人という言葉を帰化人に変えたり。僕は変えてはいけないと思うのだけれど、平気で変えてしまうでしょう。悪い意味では「敗戦」を「終戦」と言ったり、大東亜戦争も太平洋戦争と変えられてしまっているし。八紘一宇とかはアメリカが絶対使わせないし、中国だと満州と言わせないでしょう。
藤沢　支那とかね。
佐藤　韓国だったら天皇のことを日王と言う。秦の始皇帝のように、皇帝の下に王様がいっぱいいるわけだから、天皇であってはいけない、日王でなければいけないわけです。彼らにとっては格上になってしまいますから。朝鮮は朝鮮王で下だったけど。冊封国だから。日本は天皇とずっと中国も認めているのだから、ちょっとどうかなあと思ったりする。鎌倉にもそういう話がいっぱいあるんじゃないかな。
藤沢　あると思いますね。
佐藤　この前、鎌倉のあたりをずっと歩いたけど、三浦半島だろうが千葉だろうが北条氏だろうが、あの辺の地名はみんな平氏ではないですか。源平の戦いも、本来は平家と平氏の戦いではないですか。
藤沢　本来はそうですね。
佐藤　平家は伊勢の清盛のところ。平家の下に源氏もいっぱいいるし、北条氏側の平氏の下にも源氏がいっぱいいるわけだから、本当は平家と平氏の戦いなんだよね。それを源平の戦いみたいにすり替えて

しまうのはどうかなと。あれも源氏が天下を取ったからではないかと僕は勝手に思っているんだけど。

藤沢　歴史でそれを調べてみると、もともとは伊勢平氏の平家と坂東平氏ですね。

佐藤　今は源平の戦いですが、調べてみると、本来、平家と平氏の戦い。山に行くと平家の落人とか言うけど、それは平家ではなくて源氏の落人じゃないかなと。源氏もいるわけでしょう。ああいうのはどうかなあと思って、ちゃんと分けたほうがいい気がする。

歴史を発掘する文学、歴史の闇

藤沢　そういう落人がいて、その村々に彼らなりの物語があって、それが正史に飲み込まれてしまっているわけですが、われわれ書き手は、人びとの胸に残っているというか、土地に残っている物語を発掘する、やはりそちらの方が面白いですよね。

佐藤　そういう意味では、この「鎌倉幽世八景」はいくらでも掘り起こせるんじゃないの？

藤沢　そうですよね。鎌倉はどこを見ても物語がありますから。

佐藤　鎌倉の大仏さんは本当に建物があったの？

藤沢　あったらしいです。

佐藤　東京湾は津波が来るんだ。

藤沢　津波がすごくて講堂がそのまま流されて仏像だけ残った。ちょっと動いたらしいですけど。

佐藤　全然知らなくて、行ったらそういう話をしていたから「え、本当なの？」と。僕らは子どものとき東京湾には津波が来ないと聞いていたから「ええ、こんなとこに来るのか」と。狭いから来たらすごいよね。

藤沢　かなりすごい津波が来たらしいですよ。

佐藤　日本海側、新潟とか山陰とかは何十年に一回大きな地震が来るじゃない。あれは何だろうね。

藤沢　僕も幼稚園のときに新潟地震がありましたからね。

佐藤　僕は鉄棒にぶら下がっていたら、えらい揺れて。あれはよく覚えています。新潟の潟は遠浅の意味じゃないですか。本来なら太平洋側は未開地だから枯木灘とか灘でしょう。潟の字は遠浅で波静かなことだと。今は全然逆になっているじゃない。今は日本海が荒海だと言うけれど、本来、向こうは文明国だから。外国といったら大陸のほうだから。そういうことも変わってしまったけれど、言葉というのは面白いなあと思って。

藤沢 そうですね。佐藤さんは神社はほとんど回っていると思いますけど、新潟は神社の数がすごく多くて、日本で一番多い。あれはたぶん合祀政策から免れたからとか、そういうこともあるんですかね。

佐藤 そうですね。薩長の廃仏毀釈をやるときに、鹿児島は千ちょっとお寺があったんですが、全部つぶしてしまって神道、神社にしてしまったわけです。昔は神仏習合だから一緒にあるじゃないですか。鹿児島、薩摩藩は自分たちが天皇を担ぎ出して政治をやろうとしたから、全部寺をつぶして、釣鐘とかはみんな溶かして兵器、軍艦に。そういうことも教科書では教えないんだね。長州も半分以上つぶしているし。新潟とか山陰、隠岐の島はいっぱいあったけれど、新潟は当然、徳川のほうじゃないですか。だから旧徳川が支配していたところは残っています。その代わり原発は旧徳川藩のところにあって、北からいくと北海道の松前の泊原発とか、青森の東通原発とか、水戸藩の東海村にあるでしょう。全部とは言わないけれど、原発があるところはほとんど徳川親藩。道路もそういうところと、プラス基地にみんな向かっている。だから鎌倉のほうの三浦半島とかは基地が多いから。高速道路があるでしょう。道路はだいたい基地に向かって造っている。原発も徳川に関わりの深い柏崎とか、角栄さんのところへ行ったついでに行きましたけど。

藤沢 そうですね、敦賀とかも。

佐藤 敦賀と島根原発とかは、みんな徳川親藩。今もそういう薩長の政治が続いているのではないかな。僕はそんな気がするけど。

藤沢 面白いですね。確かにそうかもしれない。

佐藤 それは歩いていて分かった。だから道路はだいたい基地に向かっている。東京でも柏、木更津、湾岸道路、国道16号とか、最近、館山道路ができたけれども、みんな基地がある所。先ほどの日本の神州と長野の信州、言霊で、同じですよ。神風が吹くからって。

　僕は島も結構歩いているのだけど、たまたま八丈島のホテルで会った島民の方の話によると、アメリカが攻めてくるというので、松代と同じように八丈島も地下を五キロぐらいずっと掘ったそうですね。

藤沢　へえ、そんなの知らなかった。

佐藤　島民はみんな追い出されている。だから日本の戦争ってやっぱりものすごかったんだなと。先ほど、特攻の知覧で泣いたという話がありましたが、あそこへ行くと、本当に涙が止まらないね。

藤沢　止まらない。本当に切ない。

佐藤　あれはまいるなあ。

藤沢　お父さん、お母さん、元気に行ってまいります。元気に行ってまいりますって、いや、死ぬんだろうという話で、もう、あれは切ないなあ。

佐藤　あれは泣くね。

藤沢　特攻に出る一分前に、兵営で飼っていたかわいい犬を抱いて、みんなでニコニコ笑っている。僕は、あの気持ちというのは何だろうなと思って。

佐藤　「天皇陛下、万歳」って言って死ぬ人はいなかったですよね。

藤沢　いないでしょうね。

佐藤　僕の母親は町の三差路にわら人形を上げて、歩くたびに竹やりでつつかされ、絶対これは戦争に負けると思ったって言っていました。ただの精神論でやっていたんじゃないかな。精神論は怖いよね。スポーツだけにしてもらいたいな。天皇の悪口ではないけれど、本を読むと薩長、西郷さんは徳川慶喜を必ず殺すと言っていたわけでしょう。で、死んでないでしょう。天皇もそうですよね。日本は、そういうことで責任を取るような国民ではなかったのではないかな。日本の場合はそういうのが結構あるけれども、海外は許さないでしょう。日本の場合は海外から見ると、みんな内乱じゃないですか。蒙古襲来と明治になってからのいくつかの戦争がありましたけど、攻められてきたのは二回ぐらいものじゃないですか。蒙古と進駐軍が入ってきた、あとはみんな内乱じゃないですか。内乱だから、上にいる人はいつも助かっている。よその国だと、みんな首をはねられたり、はりつけにされたりで死ぬけれども、日本の戦争はちょっと違うんだよね。

今、従軍慰安婦と言ってはいけないけれど、ああいう人たちも、よその民族間同士だったら、必ず自分の奥さんや恋人がやられたらたまったもんじゃない。だけど、日本人はみんな負けたら絶対服従という国だから。海外での戦争は、服従は絶対しないからね。慰安婦も、実際はそういう意味でつくったんだよね。外国の女に手を出したら統治できないぞという。そういうところは決して勉強させないから、向こうから言われたらそのままになっている。

藤沢　日本は恨みをすぐに水に流す。それはある部分では美徳かもしれないけど。他国、特に韓国や中国から見たら、日本ってどうかしていると。われわれからすると逆。あまり大きな声で言えないけれど、いつまでも昔の秀吉の時代のことをまだ言っているのか、みたいな。未来志向という意味ではけっしてないけれど、国によってこんなに人の気質は違うのかなと思って。

佐藤　僕は信長・秀吉・家康のなかでは、刀狩りをやったり、検地をやったり、秀吉が一番いい政治をやっていると思っている。残忍なところがいっぱいあるけど、日本人を奴隷として売っていた宣教師を追放したでしょう。日本人は三十万とか四十万人が売り飛ばされているわけでしょう。普通は激怒しますよ。それを家康が踏襲して鎖国したわけでしょう。だから秀吉はいいことをやったと思っています。

土地の気質、土地の力、沖縄、北海道の作家たち

藤沢　国で気質ってあるけど、日本の中でも、その土地土地によって気質は違うと思いますよね。僕は新潟からこっちに出てきたときに、こっちの人は意外と他者に対して優しいなと思ったんです。そうでないと摩擦が起きて、ということだと思うけど、新潟は強度というか、ものすごく我《が》が強い。「がっと」という言葉があるのですが、それが特質としてあって、自分たちがやりたいことに関して、がっとな形で推し進めていくんです。「新潟は杉と男は育たない」と言われますが、建前みたいなものでじつは真

逆（笑）。

佐藤　初めて聞いた言葉ですね。

藤沢　だから田中角栄とか良寛とか安吾とか、ああいう人物の出やすい土地柄ではあるんです。

佐藤　ガットって、どんな字を書くの？

藤沢　「がっと」はひらがな。「あんた、がっとだね」とか。

佐藤　それは土佐の人が「いごっそう」のような？

藤沢　それに近いですね。

佐藤　地方にそういうのが結構あるじゃない。意固地な人たちを「水戸っぽ」「肥後もっこす」「津軽じょっぱり」とか。

藤沢　新潟はもともと自治力がすごくあるんですね。なぜかというと、もちろん徳川の直轄ではあったんですが、そんな徳川の言うことを「はいはい」と聞いていたら自分たちの利益にならないので、港でいろいろな物流を編んだり、交流を設けたり、うまく闇ルートを作ったり、システムを作ったりして、そういう意味では割と新種のものを取り入れる。港町ですから進取の気性的なところはありましたよね。

佐藤　たとえば先ほどの鎌倉の話もそうだけど、藤沢さんが「鎌倉幽世八景」を書いたから鎌倉を書く人がまた増えるかもしれないけど、東京は作家がいっぱいいるじゃないですか。だけど、東京という土地を深く掘り下げて書いている人はいない。東京のことを書いた小説は腐るほどあるけれど。そういう意味では、一番土地を文学の力に変えているのは沖縄の人ではないかな。沖縄の人の多くは沖縄のことを書くでしょう。大城立裕さん、又吉栄喜さん、崎山多美さん、目取真俊さんとか、沖縄のことしか書かないんですよ。

もう一つは北海道。例えば北海道は小檜山博さんが『雪嵐』『出刃』とか大雪山のことを書く。あるいは『観音力疾走』『伸予』を書いた芥川賞の高橋揆一郎さん。北と南の突端同士が文学の土地の力を一番書いているのではないかと、対談前にぼんやりと考えていて思ったのだけれども。

藤沢　今でこそ中心地東京との連絡は時差も何もないですが、ちょっと前まではどちらかというと辺境というか、絶たれている部分があるから、独自の文化、独自の土地をつくらなければ駄目だったと。

佐藤　僕が二十歳ぐらいのときはまだ北海道へは青函連絡船に乗って行ったものね。カニ族とか言われていて大変でしたけど。

藤沢　カニ族は聞いたことがありますね。

佐藤　当時、北海道は、みんなが豊かになったから若い人ばかり。カニ族と言って行きだしたんだけど。これは立松和平さんと話した時だけど「佐藤君、君も行ったのか？」と。「行ったよ」「どこ行ってたの？」「広尾でアルバイトしてたり、十勝の牧場で働いたりして、どうせロックアウトだし、しばらくぶらぶらしてたよ。京都でもぶらぶらしてましたよ」と言ったら「いろんなとこ行ってんだね、君は」とか言われて（笑）。

　朝、漁港にイカの船が戻ってくる。それを、木の箱に入れて、ばんばんばんばんトラックに積んで、そのトラックに乗って札幌の市場まで行ったり、牧場で馬の世話で餌やっていたりね。当時はまだ沖縄へは行けないから、今の感覚とちょっと違うんじゃないかな。

藤沢　違いますね。今でも沖縄出身の作家たちは沖縄のことを書いていますが、どれだけ国の政策に翻弄されて、虐げられて、全部一身に犠牲を背負わされてきたか。当然書かざるを得ないと思います。日本人と政治の問題です。

佐藤　今度だって、今の玉城デニー知事が中国に行ったでしょう。僕らから見ると、あれは危ないよね。取り込まれてしまうんじゃないかなと。

藤沢　そうですよね。ひやひやする。

佐藤　みんなもうちょっと考えたほうがいいと思うよね。ケロッとしているよね。沖縄に何かあったら、向こうは分断とか取り込みをやってくるんじゃないかな。ちょっと僕は心配しているのだけど。

　中国には東夷、南蛮、北狄、西夷とか中華思想があって、真ん中に中華、漢民族がいるということなのでしょうが、それを見ると、南蛮の蛮は上の字は亦《また》と同じ字じゃないですか。下が虫だから、南のほうの虫けらと同じということでしょう。それを自分たちの国だとか土地だとか言っているし。初めのほうにも言ったけど、漢民族が中国四千年を支配したわけではないのだから。モンゴルとか、女真族、満州とか。満州とかチベットはもともと国が違うわけでしょう。あれは文殊菩薩だから仏教で知恵の神様ですよね。文殊がマンジュ、マンジュウ、満州となっていったわけだから。どこでも同化政策をやるわけで、日本人もその政策をやったけど、彼らも今、同化政策で満州はみんな漢民族になってきて、どうなってしまうのだろうと思います。漢民族は中国をそんなに支配したことないのに、教科書は中国四千年で全部一緒になってしまっている。そういうことはどこの国でもありそうですが、ただ小説を土地の力だけから見ると、沖縄の小説・文学は強固だよね。

藤沢　そうですね。又吉さんが書いても目取真さんが書いても、もちろん犠牲になっている苦しさ、つらさ、歴史は本当に痛いぐらい伝わってくるのですが、同時に光の描写や風の描写が見事で、皆さん沖縄の作家は感じ取って表現しているなと思う。

佐藤　僕は又吉さんの『ギンネム屋敷』『豚の報い』が好きですね。『豚の報い』の真謝島、御嶽がある

舞台の久高島に行きましたよ。結構訪ね歩いたけど。内地から見ると土地を一番書いたのは沖縄の人だと思っている。

土地に根差した文学

藤沢　佐藤さんはこれからも土地に根差した文学を書き続けるわけでしょう?

佐藤　いや、もう年だから、あまり書かないね。

藤沢　またそんなことおっしゃって。『Y字橋』も素晴らしかったじゃないですか。

佐藤　でもね、今時ああいうのは文芸誌は受け付けないんじゃないかな?　たまたまいい編集者にめぐり合って『群像』に書いたり『季刊文科』にも書いたけど。

藤沢　逆に、こういう本当の言葉で書いてくれる小説は、大人でないと読み込めないですから。例えば飲み屋さんに行って「あれ?　昔入った店の、あの時にもいた女性じゃないかな」みたいな。胸中、記憶が激しく渦巻いているのに、そこで沈黙する苦み。ああいう感覚というか、切なさというか。あるいは僕が印象的だったのは、飲み過ごして真っ暗闇の中に奥さんが迎えに来て、暗闇の中にヘッドライトがパッと遠くまで届くシーンとか。

佐藤　あれは佐倉の先にあるのだけど、あんな所があると思わなかった。もう何にもないですよ。

藤沢　だから何もないのに、光に照らし出されて初めて見たことのない人生の道を覚知する。いい描写をされたじゃないですか。あれがすごいんですよね。

佐藤　駅も誰もいないし、特急は止まるのに周りは全く何もない無人駅で、あれはびっくりしました。それが東京から四十~五十分の場所にある。あれはほとんどそのとおり書いたんだけど。

僕が土地の力でびっくりしたのは、大江健三郎さん。あの人の故郷へ二回行ったけれど、全然森でも何でもないんだよね。うまいなあと思った。川の脇に細い道があって、道路と川の間に家が二軒ぐらいあって、下は絶壁になった川、川のふちにおうちがある感じで、反対側に山があって、それから川と山の狭い土地の間にうちが一軒か二軒ある。大江さんのところは山側、その先のもう一軒のおうちの下は何メートルもある崖なわけ。作家って、すごいなあと。こういうのをうまく使うなと思って、行くと全然違うんだよね。

藤沢　そうなんですか。森の中かと思った。

佐藤　全然森じゃない。だから『飼育』とか、すごいなと思った。ああいう立派な人は創造力がすごいんだなと。

藤沢　東京を書く人が少なくなったと言いましたけれども、古井由吉さんは繁華街を歩いて昔の町の影をどこかで見つけて、そこから空襲の悲惨さというか、理不尽さを思い起こしたり、その悲劇の記憶に通底する古典のほうにも入っていって、すごく巧みだなと思いますよね。佐藤さんも東京を書かれていますが、東京をもっと書ける作家が出てきてもいいかなと。

佐藤　いいよね。人口の割にはね。藤沢さんの故郷の内野は日本海に近い？　よく覚えているのはエッセーで、雪が降って。あれはいいエッセーだったなあ。読んでいいなと思って、いまだに覚えているけど。

藤沢　日本海に近い漁師町です。本当に海と田んぼに挟まれた町で、あとは新川という先ほども言った人工的な川、山を崩して大々的な工事をやって新潟の越後平野の洪水から免れるようになったのですが、当然、人夫たちが集まりますから割烹もいっぱいありました。水がいいので蔵元が四つあって、僕の隣の家は割烹だし隣の隣の家も割烹で、割烹だらけなので、幼いとき、芸者さんに育てられたんです。隣に松の屋さんというのがあって、朝起きると、幼稚園へ行かずにそのまま隣の松の屋さんに行って芸者さんに遊んでもらって、仕出し料理を食べて。そんなことをやっていたにもかかわらず無粋な男になってしまいました（笑）。若い芸者さんが三味線を練習していたじゃないですか。三味線の音を聴くと、もうノスタルジーで。そんな土地柄でしたね。

でも風景としてはバーッと向こうに平野が広がって、その向こうには弥彦・角田山があってという感じで。息子が小学校に上がる前に新潟へ遊びに来て、田んぼの雪の上で雪合戦、雪投げをしていたのですが、急に顔をしかめて泣き始めたんです。「腕、痛めたか？」と聞いたら「違う。何もないから涙が出てきたよ」と言ったんです。これは新潟ＤＮＡだと思って。あの風景で世界の無限性のようなものを感じて、何とも言えない思いになるんです。ある種、もののあはれではないですけれども、そういうものを子どもでも感じるのだと思います。ああいう所で育ったから、文化と対極的な。文化的には貧しい土地柄なんですよ。

佐藤　僕も福岡の郡部の生まれで、ちょうど北九州と博多の間だったから結構平野だったんですよ。田園地帯で広い。あんな感じかな。海はそばだったし。ところが山陰に行ったら田んぼがない。特に島根県は松江と出雲は平野があるけど、石見のほうが石見三田といって、田が付くのは益田と浜田と大田しかない。そこにちょっと土地があるだけで、だから昔は出稼ぎの人が多かったみたい。石見左官、左官屋さんが多いと言われていたらしい。知らなかったんだけど、大人になってから、え、そうなんだと。僕の友人で上野で会社をやっている人も、俺の親父も左官だったと言っていて、その人は会社をやって今大金持ちになっているんだけど。だから石見左官って有名だった。

藤沢　蔵を建てるということですか。壁のね。

佐藤　そうそう。僕は子どものときは平野が結構あったから、山陰に行ったら山がすぐそばにあって、狭いと感じたなあ。新潟平野はその何十倍も広いわけでしょう。

藤沢　そうです。ずっと。地平線が見えるという感じです。

佐藤　雪は降るの？

藤沢　降ります。今は降っても一メートルぐらいです。自分が子どものときは一メートル五〇か六〇。

佐藤　そんなに降るんだ。

藤沢　結構降りましたね。三八豪雪、昭和三十八年の豪雪のときは足元に電線が来るぐらい降りました。それは覚えていますよ。触ったら死ぬ、感電する。

佐藤　すごいね。雪といえば安吾のお姉さんが嫁いだ松之山温泉。

藤沢　松之山温泉、すごいですよ。一〇メートル以上降ります。

佐藤　あそこは降るね。車で行ったら、あっという間に積もって死にかけたことがある。もう怖くなってしまってね。あれはびっくりした。あっという間、ほんの一時間ぐらいで積もって。ワーッと思った。車に乗っていて、あの恐怖は忘れられないなあ。

藤沢　雪はそうですね。

佐藤　あっという間に降ってきて、こんなに降るのかと。

言葉が歴史をつくる、小説が歴史をつくる

佐藤　この前の藤沢さんの『世阿弥最後の花』と今回の「鎌倉幽世八景」は新境地になるのではないかなあ。多くの人に読んでもらいたいね。

藤沢　佐藤さんが先ほどおっしゃった、地層、古層というか、ようやく古層に横たわっている物語みたいなものに気付き始めたという感じです。今まで生意気にも物語なるものを拒否していたけど、物語、人間の心、その土地に根差して生きている人たちに残っている物語は強いよと思うようになりましたね。

佐藤　そうそう。だから何でも物語にしないと僕たちの頭に入っていかないではないですか。歴史もみんな物語だから残るのであって、小説もそうだと思うんだよね。理論とか理屈ばかりでは絶対に頭に入らないから、どんなものでも物語性がなければいけないと思う。たとえば言葉というのは嘘をついてしまう。人間が書くから、しゃべったり書いたりすると、どうしても嘘になってしまうけど、逆に言葉のおかげで僕たちは表現できるわけだから、鎌倉はすごく歴史があり、掘り下げればいくらでも新しい人間が出てくるのではないのかな。

藤沢　本当にそう思いますね。

佐藤　だから小説の舞台としては非常にいいし、鎌倉を一冊にする人もいないのではないかと思って、いいところに目が行ったなと思って。

藤沢　ありがとうございます。

佐藤　だから『世阿弥最後の花』と「鎌倉幽世八景」は藤沢さんの新しい新境地だと思いました。

藤沢　絶えず、現代の人間を書く上でも、昔日の人間の想いというか、死者の声というか、そういうものを重ねていきたいと思うようになりましたね。

佐藤　歴史と同じで声なき声を形にしたり、ピックアップするのが僕らの務めの一つでもあるような気がしますね。言葉が歴史をつくるわけだから、小説も歴史をつくるという考えがあっても僕はいいと思う。人物を立ち上がらせるわけだから。小説は新しいものを書かなければいけないけれど、古さの中に新しさがあるわけだから、その古いところの新しい人間とか、現代の人間の生き方につながるような人物を抽出する。僕たち文章を書く人間ができるのではないかなあ。読んで、そんな気がしました。

（初出「季刊文科」九三・令和四年秋季号）

初出「季刊文科」八六号（二〇二一年十月）～九三号（二〇二三年八月）

〈著者紹介〉

藤沢　周（ふじさわ　しゅう）

1959年、新潟県生まれ。法政大学文学部卒業。書評紙「図書新聞」の編集者などを経て、93年「ゾーンを左に曲がれ」(『死亡遊戯』と改題)でデビュー。98年『ブエノスアイレス午前零時』で第119回芥川賞を受賞。著書に『サイゴン・ピックアップ』『オレンジ・アンド・タール』『雨月』『さだめ』『箱崎ジャンクション』『幻夢』『心中抄』『キルリアン』『波羅蜜』『武曲』『武曲Ⅱ』『界』『武蔵無常』『サラバンド・サラバンダ』『世阿弥 最後の花』『憶 藤沢周連作短編集』など多数。

鎌倉幽世《かくりよ》八景

2024年10月29日初版第1刷発行
著　者　藤沢　周
発行者　百瀬精一
発行所　鳥影社 (www.choeisha.com)
〒160-0023　東京都新宿区西新宿3-5-12トーカン新宿7F
電話　03-5948-6470, FAX 0120-586-771
〒392-0012　長野県諏訪市四賀229-1（本社・編集室）
電話 0266-53-2903,　FAX 0266-58-6771
印刷・製本　モリモト印刷

ISBN978-4-86782-070-4　C0093